Jean-Jacques Greif

Le ring de la mort

l'école des loisirs
11, rue de Sèvres, Paris 6e

Du même auteur à *l'école des loisirs*

Collection MÉDIUM

Réveille-toi, Ludwig !
Kama
Tout est relatif, comme dit Einstein
Les souffrances du jeune Mozart
Mes enfants, c'est la guerre
Nine Eleven
Le fil à recoudre les âmes
Le retour de Christophe Colomb

Loi n° 49.956 du 16 juillet 1949 sur les publications destinées à la jeunesse : septembre 1998
Dépôt légal : décembre 2017

ISBN 978-2-211-22301-0

À Maurice Garbarz

1
À Praga, dans la banlieue de Varsovie

Ma mère m'emmène à la mairie de Praga, c'est la banlieue de Varsovie où nous habitons.

– Viens, Moshé, je dois te déclarer.

Elle ne paraît pas contente. Elle n'arrête pas de marmonner.

– Jamais eu besoin de déclarer mes enfants avant la guerre. Il y avait tellement de gens dans l'Empire russe que le tsar n'essayait même pas de les compter. Comme s'il s'était soucié de la Pologne ! Une simple breloque accrochée à sa ceinture. Ils disent que quelqu'un l'a tué, là-bas en Russie. Au moins son armée est partie. Plus de tsar, plus de cosaques à Varsovie. Nous avons une Pologne toute neuve, maintenant. Mais pourquoi veulent-ils que tout le monde se déclare ?

L'homme derrière le grand comptoir lui demande combien d'enfants elle veut déclarer.

– Quoi vous dites ?

– Combien ? Vos enfants, madame.

– Quatre enfants.

– Quel âge ont-ils ?

Elle a du mal à le comprendre. Avant la guerre, les fonctionnaires parlaient russe ; maintenant, polonais. Pourquoi n'apprennent-ils jamais le yiddish, la langue des juifs ?

– Comment ?

– Leurs âges ?

– Schmiel Yankl, mon aîné, a bien dix ans, monsieur.

– Plus de dix ans ?

– Oui, plus de dix ans.

– Bon, mettons onze. Schmiel Yankl Wisniak, né en 1907. Le suivant ?

– Ma fille Pole Kaïle est plus jeune.

– Bien sûr, puisqu'elle est la deuxième. Quand est-elle née ?

– Schmiel Yankl, il marchait déjà.

– Disons deux ans plus tard… Pole Kaïle Wisniak, née en 1909.

– Ensuite est né Anschel Leib.

– La fille marchait déjà ?

– Euh… oui, monsieur.

– J'inscris donc Anschel Leib Wisniak, né en 1911. C'est tout ?

– J'ai mon dernier, Moshé Azik, le voici.

– Deux ans plus tard ?

– Non, monsieur. Il est petit…

– Votre petit dernier, j'ai compris. Bon : Moshé Azik Wisniak, né en 1913.

Mon acte de naissance et tous mes papiers d'identité portent cette date, mais ma mère m'a toujours dit que je suis né le 17 janvier 1915. Qui peut le savoir mieux qu'elle ? Cette année-là, quelques mois après ma naissance, une grande épidémie a emporté mon père.

Nous étions pauvres ; après la mort de mon père, nous sommes devenus encore plus pauvres. Ma mère coud jour et nuit, près de la fenêtre ou à la lumière de la lampe à pétrole ; on l'appelle « Myriam la couturière ». Ses clients peuvent à peine la payer. Comme elle ne trouve rien à manger, son lait n'est pas assez nourrissant pour moi. Je reste tout petit. Mes jambes trop minces poussent de travers et me soutiennent si peu que je n'arrive pas à tenir debout. Je passe mes journées assis – mais pas immobile, car je me déplace en glissant par terre à toute vitesse, comme un caillou sur un étang gelé. Peu après mon troisième anniversaire, ma mère me montre à un guérisseur, c'est-à-dire un médecin qui n'a pas pu obtenir son diplôme parce qu'il est juif.

– Il est rachitique, dit-il. Donnez-lui deux cuillerées d'huile de foie de morue chaque jour.

Au bout de deux ou trois semaines, je suis si fort que je peux apprendre à marcher. On me surnomme « Moshé le singe », parce que mes jambes sont arquées comme celles d'un chimpanzé. Je reste très maigre.

Sans mon frère Anschel, nous serions tous morts de faim. Il est malin : il plante une pointe de fer au bout d'une canne et réussit à voler des pommes de terre les jours de marché. Les autres jours, il s'assoit dans la rue et pleure.

– Pourquoi pleures-tu ? demandent les passants.

– Parce que j'ai faim.

– Pauvre gosse... Tiens, va t'acheter quelque chose.

Ils lui donnent des piécettes. Anschel achète du pain et le rapporte à la maison. Mon autre frère, Schmiel, travaille déjà comme apprenti maroquinier chez un cousin de mon père. Il a quitté l'école à dix ans, pourtant il aimait beaucoup étudier. Anschel quittera aussi l'école à dix ans. En attendant, il n'y va pas souvent, parce qu'il cherche de la nourriture du matin au soir. La vendeuse de l'épicerie a pitié de lui. Quand il demande un quart de litre de lait, elle remplit tout son bidon, qui contient deux litres. Un jour, la patronne entend qu'il achète un quart de litre de pétrole pour l'éclairage. Elle sort de l'arrière-boutique et le voit porter une bonbonne de six litres.

– Dis donc, pour un quart de litre, c'est une énorme bonbonne que ta mère t'a donnée ! J'ai l'impression qu'elle est bien trop lourde pour toi.

Mon frère nous raconte toute l'histoire.

– Heureusement qu'elle n'a pas regardé dans la bonbonne ! Sinon, c'était la fin de ma combine.

Ma sœur Pole le trouve égoïste.

– Tu ne penses qu'à toi. Et la vendeuse ? Elle aurait perdu son travail…

Nous avons constamment faim. Quand Anschel apporte une pomme de terre, il la divise en huit morceaux. La nourriture est si rare que nous nous réjouissons de manger un ou deux huitièmes de pomme de terre.

Le marché se tient dans notre cour le mardi et le vendredi. Ce n'est pas un grand marché comme ceux que l'on voit aujourd'hui à Paris. Les paysans étalent leurs légumes par terre. Ils vendent des navets, des betteraves, des choux, des haricots, des fèves, des cornichons dans un seau, de l'alcool frelaté, et surtout des pommes de terre. Les enfants chantent une comptine : *« Dimanche pommes de terre, lundi pommes de terre, mardi pommes de terre, mercredi et jeudi pommes de terre, vendredi pommes de terre, samedi gâteau de pommes de terre. »*

La cour est vaste, entourée de maisons sur trois côtés et d'écuries sur le quatrième. Nous habitons dans une grande pièce flanquée d'une petite cuisine, au premier étage d'un immeuble de trois étages. Le soir, nous rapprochons deux lits pliants sur lesquels nous dormons tous les cinq, serrés comme des sardines. Je suis placé au milieu ; en hiver c'est une position confortable, mais en été j'ai bien trop chaud.

L'eau courante est un luxe inconnu. Toute la journée, les habitants de la cour défilent à la fontaine pour remplir des brocs, des bidons, des bonbonnes. Nous gardons une réserve d'eau à la maison, dans une grande bassine. En hiver, elle gèle pendant la nuit.

Quatre cabanes de W.-C. se dressent dans la cour, presque sous nos fenêtres. J'imagine que des gnomes puants habitent sous la terre dans un immense château, dont les cabanes sont les tours.

J'aime beaucoup m'installer à la fenêtre. Je regarde la fontaine, les cabanes et surtout les écuries. Elles abritent douze charrettes – de simples plates-formes de bois posées sur des roues, tirée chacune par deux chevaux. Je ne me lasse pas d'admirer l'habileté avec laquelle les charretiers entassent et arriment des montagnes de marchandises sur les plates-formes. Ah, ces charretiers sont de rudes gaillards ! Chaque soir, ils se saoulent à la vodka dans une vilaine gargote qui se trouve en face des écuries, puis ils traversent la cour en chantant et en titubant pour aller se coucher avec leurs chevaux. Certains sont juifs, mais ils parlent une langue qui s'appelle « argot ». Cela ressemble au yiddish, pourtant je n'en comprends pas un mot. Je sais que nous sommes juifs, mais je ne vois aucune différence entre les charretiers juifs et les autres.

Je remarque que mes frères reviennent souvent à la maison tout couverts de plaies et de bosses. Un jour sur deux, ma mère doit réparer leurs vieux tricots et leurs culottes.

– Les Polonais nous ont attaqués, disent-ils.

– Nous avons couru, mais ils nous ont rattrapés.

– Ils avaient tendu une embuscade au bout de la rue.

Pourquoi les Polonais attaquent-ils les juifs ? Mystère ! J'ai longtemps cru que le mot « juif » signifiait « pauvre », or ces Polonais qui ne sont pas juifs sont souvent aussi pauvres que nous.

Mon frère Schmiel dit qu'à Varsovie, de l'autre côté de la Vistule, les juifs vivent entre eux, dans des quartiers que les Polonais évitent. Notre quartier, Praga, est « mélangé », de sorte que nous ne pouvons pas échapper aux Polonais. Nous devons faire attention.

Je reste à la maison à cause de mes jambes tordues, mais je marche de mieux en mieux depuis que je bois de l'huile de foie de morue. Je devrai bientôt sortir dans la cour et dans la rue. Je serai bien obligé d'affronter ces redoutables Polonais. Mes frères sont des poules mouillées. Dès qu'ils aperçoivent des Polonais, ils s'enfuient. Moi, je ne me laisserai pas faire. Je me battrai. Je serai aussi fort que les charretiers. Quand un charretier se querelle avec un paysan, il s'approche de lui et le saisit par les pans de sa veste. Aussitôt, le paysan tombe par terre. Au début, je ne comprenais pas ce qui se passait. Et puis, à force d'observer les bagarres de ma fenêtre, j'ai fini par voir que le charretier donne un coup de tête au paysan, ou bien un coup de genou entre les jambes. Le mouvement est si vif qu'il est presque imperceptible. Je saisirai le Polonais par les pans de sa veste, je lui donnerai un coup de tête...

Quand l'adversaire sait se battre, c'est tout différent. Une bande de charretiers de Varsovie a déclaré la guerre aux nôtres. L'ennemi entre en force dans la cour. Nos charretiers, Juifs et Polonais unis face au danger, se battent d'abord à coups de poing et de pied. Ensuite, ils saisissent des morceaux de bois et des chaînes qui servent pour l'attelage. Quand ces armes se révèlent insuffisantes, ils sortent des couteaux. Le combat dure toute la nuit. Au petit matin, nous entendons des coups de feu. Ma mère m'interdit de m'approcher de la fenêtre, car je risque de recevoir une balle perdue. Une fois que la bagarre est finie, la police arrive pour ramasser les morts et les blessés.

Les balles perdues, c'est très dangereux. Mazik, le chef des charretiers, est un véritable bandit. Il prélève une part sur les chargements, transporte et revend des marchandises volées, rançonne les paysans qui veulent un emplacement sur le marché. Il boit parfois tellement qu'il devient comme fou. Il hurle, brandit son pistolet, tire dans toutes les directions. À peine Mazik a-t-il rengainé son arme et s'est-il écroulé, ivre mort, que l'on découvre un autre corps étendu par terre. Comme par hasard, c'est celui d'un ennemi de Mazik, quelqu'un qui l'a insulté ou n'a pas versé sa dîme à temps. Les témoins racontent la scène à la police : Mazik était dans un état second, il tirait n'importe où. Que peut-on en conclure ? La victime a été tuée par une balle perdue. Moi, de ma fenêtre, je vois souvent Mazik s'exercer à tirer sur une cible. Il titube, agite ses bras comme un sémaphore… Un coup en l'air, un coup par terre, le troisième au centre de la cible !

Le quartier de Praga est très pauvre. Tout le monde dit que c'est un repaire de voleurs. De ma fenêtre, j'observe les pickpockets à l'œuvre les jours de marché. Au début, je ne vois que le paysan qui hurle en découvrant que son argent a disparu. À force de regarder, j'arrive à suivre des yeux la main leste du pickpocket qui se glisse dans la poche du paysan et en retire un épais portefeuille. Puis je remarque un autre geste : avant que le pickpocket agisse, un homme pressé bouscule le paysan… Après des semaines de surveillance, je comprends à peu près toute l'affaire. Le pickpocket travaille avec trois complices. Les deux premiers échangent des injures en hurlant, puis font semblant de se battre. Aussitôt, des badauds s'approchent. Le troisième complice, en se précipitant pour se placer aux premières loges, pousse le paysan et lui donne un bon coup de coude dans le dos. Le paysan crie « Aïe », cherche son agresseur pour l'insulter, concentre son attention sur la douleur qui lui troue le dos, si bien qu'il ne sent pas la caresse sournoise de la main du pickpocket.

Certains voleurs attendent la fin du marché. Le paysan, ayant vendu ses légumes, rapporte dans son village des cigarettes, des bougies et d'autres biens que les villageois lui ont commandés. Le voleur saute sur la charrette du paysan sans que celui-ci le remarque, tâte les sacs pour deviner ce qu'ils contiennent, puis jette à un complice un sac de cigarettes et de bougies. Comme dit une expression yiddish : « Le voleur est si habile qu'il te déroberait le claquement de ton fouet. »

Dès que mes jambes me permettent de sortir, mon frère Anschel me trouve un travail.

– Tu connais tous les voleurs, Moshé. Je vais te présenter à un paysan qui t'engagera comme gardien.

– Si je vois un voleur, je lui donne un coup de tête.

– Mais non. Tu tires la blouse du paysan et tu lui montres le voleur, c'est tout.

Le paysan écarquille les yeux quand il découvre son nouveau gardien : j'ai cinq ans, mais je suis vraiment tout petit.

– C'est cet avorton qui va protéger mes légumes ?

– Justement, les voleurs ne se méfieront pas de lui. Ils ne prendront aucune précaution, donc il pourra les repérer facilement.

Comme j'accomplis ma tâche de manière efficace, le paysan me donne trois pommes de terre. Un trésor !

Anschel le débrouillard m'engage ensuite comme assistant. La quête de nourriture à laquelle il consacre tout son temps depuis des années a enfin abouti. Le propriétaire des écuries lui demande de préparer la bouillie des chevaux. Nous devons faire cuire des pommes de terre, puis les broyer dans une machine et les mélanger à l'avoine. Nous pouvons manger autant de pommes de terre que nous voulons, et même en fourrer dans nos poches. Pour le propriétaire, cela revient moins cher que de payer de vrais ouvriers. Je suis content de manier la pelle et de tourner la manivelle de la machine. Puisque mes jambes sont faibles, je veux renforcer mes bras. J'ai décidé de devenir très fort. Je soulève des pierres, je grimpe aux arbres, je porte des caisses pour les paysans.

Même quand nous reprenons un peu de chair en mangeant des pommes de terre, nous souffrons de maladies de peau par manque de vitamines. Comme tous les pauvres, nous nous grattons constamment.

2

Les Polonais ont un sixième sens

Ma mère veut m'inscrire à l'école publique, qui présente l'avantage d'être gratuite. Ainsi, j'apprendrai le polonais, ce qui me rendra sans doute service plus tard. Le directeur l'avertit :

– Je ne peux pas garantir sa sécurité. Vous feriez mieux de l'inscrire dans une de vos écoles.

Me voici donc élève de l'école juive, qui occupe un grand appartement au deuxième étage d'une maison. On me dispense des frais de scolarité. Comment ma mère pourrait-elle les payer ?

Dans l'autre école, les élèves me réduiraient en miettes pendant la récréation. Dans celle-ci, je ne risque rien – tant que je reste à l'intérieur des murs. Le soir, il faut bien que je rentre à la maison. Les écoliers polonais attaquent les juifs sur le chemin. Avec mes jambes tordues, je ne peux pas m'enfuir comme les autres. J'essaie d'attraper un Polonais par les pans de sa veste pour lui donner un coup de tête. Je suis bien trop petit... Ma tête arrive à la hauteur de son ventre ! En raison de ma taille minuscule, ils prennent pitié de moi et ne me battent pas trop fort.

Je trouve un grand sac ayant contenu des pommes de terre et je demande à ma mère des chutes de tissu pour le remplir. Je suspends ce punching-ball au chambranle de la porte qui sépare notre pièce de la cuisine et je le frappe longuement chaque jour. Mes frères et ma sœur se moquent de moi. Rira bien qui rira le dernier... Quand je serai champion du monde de boxe, vous ne vous moquerez plus de moi !

Peu à peu, je grandis et mes jambes se redressent. Quand j'atteins sept ans, autrement dit l'âge de raison, mon oncle Prezman décide de m'emmener à la synagogue. Il remplace mon père, qui aurait dû s'occuper de mon éducation religieuse. Mon oncle choisit un jour solennel entre tous : Yom Kippour, la fête du grand pardon. La synagogue occupe le rez-de-chaussée d'une maison dans notre cour. Elle ressemble à une grande boutique. Elle sent l'oignon et le tabac froid. Comme les autres maisons de la cour, elle est envahie par la fumée en hiver, parce qu'elle est chauffée au charbon de lignite, qui est moins cher. Nous devons passer toute la journée dans le lieu saint, à prier et à jeûner.

– Oncle Prezman !

– Oui, Moshé.

– Les autres années, je mangeais le jour de Yom Kippour.

– Tu n'aurais pas dû. En tout cas, cette année, tu ne peux pas.

– Pourquoi, oncle Prezman ?

– Voyons, tu passes la journée dans la synagogue. C'est le dernier endroit où tu pourrais manger quelque chose aujourd'hui.

– Moi, je trouve que je jeûne déjà bien assez les autres jours.

Je suis sorti de la synagogue et je n'y ai plus jamais remis les pieds.

À force de jeûner, je m'évanouis en classe. Le directeur de l'école me donne du lait sucré et du pain pour me remettre sur pied.

Malgré la faim, je deviens très vigoureux. Quand je m'exerce à me battre avec mes camarades de classe, personne ne me résiste. Au-dehors, lorsque les Polonais nous attaquent, je donne des coups de tête et de genou très efficaces. Je possède aussi une botte secrète. Je saisis mon adversaire par les épaules de sa veste ; je lève une jambe, je la replie et je pose le pied sur son ventre. Je roule sur le dos, l'entraînant dans ma chute, puis je relâche sa veste et je détends ma jambe, de manière à le projeter en l'air derrière moi. En général, il reste étalé par terre une bonne dizaine de minutes. Ce qui est sûr, c'est qu'il perd à tout jamais l'envie de me chercher querelle.

Je ne comprends toujours pas pourquoi les Polonais détestent tellement les juifs. Ils hurlent : « Sale juif, retourne dans ton pays ! » Mon pays, c'est la Pologne. D'après mon frère Schmiel, qui est très savant, ils prétendent nous renvoyer en Palestine, le pays où les juifs habitaient il y a deux mille ans.

Leur haine est nourrie par leur religion. Si nous tenons à la vie, nous devons rester chez nous quand une procession défile dans la rue le dimanche ou un jour de fête catholique. Un dimanche, le fils du marchand de vodka sort de la cour au moment où passe une procession. Il est simple d'esprit.

– Eh, toi, est-ce que tu es juif ? lui demandent les gars qui marchent en queue de cortège.

Au lieu de répondre, il sourit bêtement. Les Polonais, croyant qu'il les nargue, le rouent de coups.

– Arrêtez, arrêtez, c'est le fils du marchand de

vodka, il n'est même pas juif! crie une habitante de notre cour.

Elle court jusqu'au commissariat, mais quand elle revient avec la police, l'enfant est déjà mort.

Le visage bizarre du simple d'esprit a dérouté les Polonais. Sinon, ils ont une sorte de sixième sens qui leur permet de reconnaître les juifs. Dans leurs caricatures, ils dessinent les juifs avec un énorme nez, des yeux noirs globuleux, des cheveux noirs crépus – ce qu'ils appellent le « type oriental ». Moi, j'ai les yeux bleus et les cheveux roux, pourtant ils savent bien que je suis juif. Quand je croyais que « juif » signifiait « pauvre », je pensais qu'ils battaient les enfants qui marchaient pieds nus, comme mes frères et moi. Et puis, avant de m'envoyer à l'école, ma mère m'a acheté une vieille paire de chaussures chez un fripier. Cela n'empêche pas les Polonais de m'attaquer.

Les juifs sont souvent tailleurs ou fripiers. Mon frère Anschel, après avoir quitté l'école à dix ans, comme Schmiel, est devenu apprenti tailleur. Ma sœur Pole aide ma mère à coudre.

Anschel n'a pas changé. Il passe son temps à se creuser la tête : où trouver à manger ? Comment gagner un peu d'argent ?

– Viens voir, Moshé, je vais prendre tes mesures.

– Prendre mes mesures ? Et pourquoi donc ?

– Je vais te confectionner un beau costume.

– Ne te moque pas de moi. Où trouveras-tu du tissu ?

– Nous achèterons un vieux manteau chez le fripier. Je découperai les morceaux les plus élimés, puis je taillerai une veste dans le reste. Comme tu es petit, il n'en faudra pas trop. Ensuite, nous irons chez l'oncle Prezman...

– Si nous arrivons à l'heure du dîner, il nous donnera peut-être à manger !

– Je compte bien là-dessus, mais ce n'est pas le but de notre visite. En voyant ton magnifique veston, il m'en commandera pour ses fils. Il a bien un ou deux vieux manteaux quelque part... Ensuite, il en parlera à ses amis, qui nous commanderont des vestons à leur tour. Nous deviendrons riches !

Nous achetons le manteau. Je le découds soigneusement. Anschel coupe les pièces de la veste dans les morceaux les moins élimés, exactement comme il avait prévu de le faire. Il est apprenti depuis trois ans et déjà très habile.

J'ai l'air d'un petit lord anglais dans mon superbe veston neuf. Nous partons chez l'oncle Prezman, tout fiers et pleins d'espoir. À peine sommes-nous sortis de la cour que nous voyons deux Polonais au bout de la rue. Ils viennent dans notre direction. Anschel est inquiet.

– Ils sont beaucoup plus grands que nous. Filons !

– Mais non… Regarde, ils portent aussi des costumes bien propres. Ils ne vont pas se battre.

Peut-être bien que j'espère secrètement qu'ils ne me prendront pas pour un juif, puisque je n'ai plus l'air pauvre. Au moment où nous les croisons, l'un d'eux me donne un coup de poing dans le ventre. Quand je me bats, je suis capable de résister à un coup dans le ventre, mais je me préparais si peu à la bagarre que je tombe par terre, le souffle coupé. Anschel applique sa technique préférée : il détale comme un lapin. Les deux Polonais commencent à me frapper pour de bon. Anschel, hors de danger, se retourne, hésite. Il ne peut tout de même pas laisser les méchants assommer son petit frère sous ses yeux. Et puis le costume, le beau costume… Ah, il revient défendre son frère et son costume. Les Polonais, voyant un adversaire plus grand qui s'avance, lui font face. Je me relève aussitôt, ce qui ne les dérange pas, car ils croient que j'ai eu mon compte et que je vais m'enfuir. Le pauvre Anschel ne sait pas du tout se battre ; les deux Polonais le jettent par terre en une seconde. Moi, je sors de ma poche mon petit crochet. C'est une sorte de clé tordue, une arme parfaite. Quand je serre la boucle de la clé dans mon poing, la pointe qui émerge entre mes phalanges est presque invisible. L'un des Polonais a posé le genou sur la poitrine de mon frère. Je m'approche si vite qu'il a juste le temps de se retourner pour voir ce qui se passe. Je lui envoie un coup de poing qui déchire sa joue comme une feuille de papier. Il hurle de douleur, tombe par terre, se relève et s'enfuit en courant. Le second Polonais hurle aussi fort mais court moins vite, parce que je lui ai donné un coup de clé dans la cuisse.

Nous renonçons à notre visite chez l'oncle Prezman et rentrons à la maison en piteux état. Anschel me regarde avec admiration.

– Dis donc, Moshé, tu leur as donné une bonne leçon ! Un seul coup chacun… Tu es drôlement fort. Il faudra que tu me montres comment tu fais.

– C'est facile : je me sers de mon fidèle assistant.

Je lui montre ma clé pointue.

– Eh, mais tu es fou, Moshé. C'est dangereux, ce truc-là. Tu pourrais blesser quelqu'un.

– Justement, c'est étudié pour… N'empêche

qu'ils m'ont tout de même bien amoché, ces salauds. Je saigne du nez, non ?

– Oui, un peu.

– Je sens que mon œil est en train de gonfler. Bon, dans quelques jours, je serai comme neuf. Pour le costume, ce sera plus difficile.

– Je te le recoudrai.

Nous lavons le costume, Anschel le répare, et nous allons chez l'oncle Prezman. Il ne nous commande pas de vêtements pour ses enfants. Il nous autorise à manger les restes du dîner de la veille dans la cuisine.

Les Polonais ne sont pas mes seuls ennemis. L'un des charretiers juifs, le gros Yatché, m'a pris en grippe. On devrait dire « l'énorme Yatché » : avec leurs trafics et leurs brigandages, les charretiers ne meurent pas de faim. Ils mangent même de la viande plusieurs fois par semaine. Le gros Yatché déteste tous les enfants, y compris les siens. Il habite avec sa femme, sa fille et son fils dans une petite maison à côté de la gargote ; c'est le seul cocher qui ne couche pas dans l'écurie. Il est si riche qu'il achète l'eau au porteur d'eau. Nous le voyons entrer chez lui chaque matin, ses deux seaux accrochés à une perche qu'il porte sur l'épaule. Le fils de Yatché, qui est déjà aussi gras, stupide et brutal que son père, cherche constamment la bagarre. Il nous cherche ? Il nous trouve ! Mes camarades et moi, nous nous liguons contre lui pour lui apprendre la politesse. Le gros Yatché ne tolère pas que quelqu'un d'autre que lui batte son fils. Il voudrait bien rosser tous les garçons de la cour, seulement il a peur de leurs pères. Alors toute sa fureur se déverse sur moi, puisque je n'ai pas de père pour me défendre. Un jour il me donne un coup de poing, un autre jour un méchant coup de pied, ou bien une gifle en passant.

Moi, je décide de me venger. Pendant que Yatché se saoule dans la gargote, je me glisse derrière sa maison, j'emmène sa chèvre, je la pousse dans la fosse de vidange des W.-C. Tous les enfants de la cour hurlent de joie : « Gros Yatché, gros Yatché, ta chèvre prend un drôle de bain ! » Yatché arrive en courant. Il réussit à repêcher sa biquette avant qu'elle ne se noie, mais elle n'est pas belle à voir, et quelle odeur... Aussitôt, le gros Yatché monte chez nous. Même s'il ne me soupçonne pas, il peut supposer que j'ai tout vu de ma fenêtre. Il n'hésitera pas à me torturer pour que je dénonce le criminel. Ma mère comprend le danger.

– Couche-toi vite, Moshé !

Déjà le gros Yatché frappe à la porte et entre chez nous.

– Où est votre vaurien de fils ? J'ai quelques questions à lui poser au sujet de ma chèvre.

– Il est malade. Regardez, il est au lit depuis deux jours, il a de la fièvre.

Je n'ai pas besoin de jouer la comédie : je tremble vraiment et de grosses gouttes de sueur dégoulinent sur mon visage…

Un soir d'hiver, le gros Yatché glisse sur une plaque de verglas et se fracture le crâne. Il habitait tout à côté de la gargote, mais il avait toujours du mal à rentrer chez lui quand il était saoul. Il tombe dans le coma et meurt quelques jours plus tard. Maintenant, plus personne ne protège son fils. Quand son père me frappait, ce grand benêt l'imitait, certain qu'il ne risquait rien. Ah, tu vas voir, mon gaillard ! Je passe près de lui dans la cour. Comme à son habitude, il me donne un coup de poing dans les côtes. Je me mets en garde et je crie, de manière que toute la cour l'entende :

– Tu veux te battre, gros plein de soupe ? Eh bien, battons-nous.

Un attroupement se forme autour de nous. Le fils de Yatché sort son couteau. Il a deux ans de plus que moi et me dépasse d'une bonne tête, mais je n'ai pas peur. Je n'utilise même pas mon petit morceau de fer. Je me battrai à mains nues, à la loyale. J'avance brusquement... Il abaisse son bras droit, pour me donner un coup de couteau de bas en haut dans le ventre. Moi, je n'ai pas du tout l'intention de m'empaler sur son arme : mon mouvement était une feinte ! Je voulais seulement qu'il descende son couteau à ma portée. Je recule et je donne un vigoureux coup de pied dans sa main droite. Les chaussures que ma mère m'a achetées chez le fripier sont de gros godillots ferrés, capables de résister à la neige et à la boue, été comme hiver. Mes coups de pied font très mal ! Son couteau tombe par terre. Aussitôt, je saisis les pans de sa veste... Le chœur des spectateurs m'encourage.

– Vas-y, Moshé !

– Tue-le !

– Montre-lui ce que tu sais faire !

Je lui montre ce que je sais faire : le coup de tête dans le nez, le coup de genou entre les jambes, le coup de coude dans l'œil. Je lui explique la nouvelle règle du jeu :

– Tu ferais mieux de ne plus t'approcher de moi. Et n'essaie pas de te venger sur mes frères !

La veuve du gros Yatché ressemble à un hippopotame ; on la surnomme Mamé Hundé, c'est-à-dire Maman Gazelle, par dérision. Elle enrage de voir son fils revenir à la maison tout ensanglanté. Comment pourrait-elle le tolérer, elle qui appartenait à l'aristocratie de la cour ? Nous entendons son pas pesant dans notre escalier. Ma mère ouvre la porte.

– Est-ce que votre fils l'assassin est là ? Je vais le tuer !

Ma mère n'ose pas répondre, tellement elle a peur de Mamé Hundé. Je vais dans la cuisine et je saisis la hache qui sert à couper le petit-bois pour le poêle. Je reviens dans notre pièce, la hache à la main. Je suis de très mauvaise humeur.

– Va-t'en, Mamé Hundé ! Vieille sorcière ! Si tu remets les pieds ici, je te fends le crâne et ensuite je m'occupe de ton fils !

Ma mère, qui ne supporte pas la violence, est en larmes.

– Partez vite, madame, bredouille-t-elle. Je ne l'ai jamais vu dans cet état. Il est vraiment capable de vous tuer.

Mamé Hundé descend dans la cour.

– Le fils de Myriam la couturière a voulu me fendre le crâne, dit-elle à qui veut l'entendre. C'est un véritable bandit !

Ma mère me prend dans ses bras et me félicite :

– Avec un défenseur tel que toi, personne ne nous manquera plus de respect. Mais tu m'as vraiment fait peur avec ta hache…

3
Seule la révolution…

En 1926, peu après mon onzième anniversaire (si je considère que je suis né en 1915), je quitte l'école. Mes frères me traitent de veinard, sous prétexte que j'y suis resté une année de plus qu'eux. Veinard, moi ? Je deviens apprenti chez un ébéniste de Varsovie, mais tout ce que j'apprends, c'est à scier des planches douze heures par jour. Excellent pour mes biceps ! Pour rentrer chez nous à Praga, je dois traverser le grand pont qui enjambe la Vistule. En hiver, il fait si froid que les autorités installent des braseros tous les vingt mètres. Je glisse sur le verglas comme un patineur, puis je me réchauffe au brasero. Je dois me frotter les oreilles, sinon elles gèleraient malgré mon bonnet de laine. Je vois souvent des cadavres tout bleus au milieu du pont.

Quand il fait moins froid, je m'attarde en chemin

pour inscrire des slogans sur les murs : « À bas le fascisme ! » « Vive la liberté ! » « Non à l'antisémitisme ! » Mon frère Schmiel m'a expliqué que seule la révolution communiste mettra fin à l'oppression dont les juifs sont victimes.

– Le communisme, c'est l'égalité de tous les êtres humains. D'ailleurs, au parti communiste, les Polonais et les juifs militent ensemble.

– En Russie, ils ont fait la révolution ?

– Oui, en 1917.

– Alors maintenant, ils laissent les juifs tranquilles ?

– Bien sûr !

Comme je suis trop jeune pour militer au parti, je m'inscris chez les pionniers, c'est-à-dire les jeunes communistes. Je suis un peu étonné de découvrir que presque tous les pionniers sont juifs. Quand je colle des affiches avec mes frères au milieu de la nuit, les socialistes qui nous attaquent nous traitent de sales juifs sans même voir notre visage.

Cette même année 1926, le maréchal Pilsudski prend le pouvoir et interdit le parti communiste. Je participe à une manifestation de protestation. La police charge à cheval, tue sept ouvriers à coups de sabre, en blesse une centaine. Je réussis à m'enfuir en courant, mais je vois l'éclat des sabres dans mes cauchemars pendant des semaines. Mon frère Anschel a moins de chance que moi. Capturé par la police alors qu'il écrit des slogans sur les murs, il passe plusieurs mois en prison.

Mon oncle Hersch Wisniak, frère de mon père, rêvait lui aussi de révolution. Après avoir participé aux révoltes qui ont ébranlé l'Empire russe en 1905, il s'est enfui à l'étranger, car il craignait d'être déporté en Sibérie. Il a d'abord habité en Allemagne, puis s'est installé à Paris, où il est maroquinier. Ma mère lui adresse une longue lettre :

Mon cher Hersch, je t'écris pour te donner des nouvelles de tes neveux et de ta nièce. Mon dernier-né, Moshé, vient de quitter l'école pour entrer comme apprenti chez un ébéniste. Il est bagarreur, mais honnête. Son frère Anschel est apprenti tailleur. Il est déjà capable de couper un costume complet. Pole, ta nièce, m'aide pour les travaux de couture. Elle n'a pas encore de fiancé. Je veux surtout te parler de Schmiel, mon fils aîné. Comme tu le sais, il exerce le même métier que toi, chez mon cousin Layb. Cela fait déjà longtemps qu'il maîtrise le travail du cuir. Il a même dessiné plusieurs modèles de sacs de dame. Je crois qu'il pourrait t'aider à Paris. Ici, je crains pour lui, car il aura bientôt l'âge du service militaire. Tu te souviens que les Russes n'engageaient pas les juifs dans leur armée. Maintenant, les Polonais prennent les juifs, mais ensuite les autres soldats se moquent d'eux et les battent. C'est un garçon très sérieux. Je t'assure que tu seras content de lui si tu le fais venir à Paris.

Comme les affaires de l'oncle Hersch sont bonnes, il a besoin d'engager des ouvriers. Il envoie donc un visa français pour son neveu. Ma mère, ma sœur et moi, nous accompagnons Schmiel à la gare au début de l'année 1927. Anschel ne peut pas se joindre à nous, puisqu'il est en prison. Ma mère imagine toutes sortes de malheurs.

– Paris est une très grande ville. Il y a sûrement beaucoup d'antisémites, là-bas. Fais bien attention !

– Mais oui, Mamé, ne t'inquiète pas.

– Comment vas-tu trouver l'oncle ? Si tu te perds dans les rues de Paris, oh ce serait terrible...

– Tu ne te souviens pas ? Il a écrit qu'il viendrait me chercher à la gare.

– Ah oui, c'est vrai. Tu le reconnaîtras facilement : il ressemble à ton pauvre père. Prends bien garde de ne pas attraper froid !

Ma sœur tire son grand frère par la manche.

– Schmiel, Schmiel, promets que tu m'écriras… Il faut que tu me décrives bien précisément comment les Parisiennes sont vêtues. Ainsi je pourrai créer des robes à la dernière mode de Paris !

– Je vous écrirai à tous. Et puis je gagnerai beaucoup d'argent et je vous ferai venir.

4
Ma mère devient la reine de la cour

Ma chère Mamé, ma chère Pole, mon cher Anschel (si tu es sorti de prison), mon cher Moshé, j'espère que vous vous portez tous aussi bien que moi. Le voyage a duré longtemps. J'ai passé deux nuits dans le train, mais je n'ai pas beaucoup dormi. Je me demandais à quoi ressemblerait ma nouvelle vie. Nous avons traversé l'Allemagne et la Belgique. Le nord de la France est gris et triste. Quand je suis sorti du train à Paris, plusieurs messieurs bien habillés m'ont interpellé en yiddish. Ils voulaient m'engager comme maroquinier. Ils me promettaient tous un bon salaire. J'ai vu oncle Hersch, un peu à l'écart (je l'ai reconnu tout de suite, comme Mamé l'avait prévu). J'ai dit aux messieurs que j'avais déjà un patron. Oncle Hersch m'a expliqué pourquoi ce comité d'accueil attendait tous les jours le train de Varsovie : depuis l'arrivée de nombreux maroquiniers juifs à Paris, la France vend des sacs de dame dans le monde entier. La demande est si forte qu'ils n'arrivent pas à en fabriquer assez. Anschel (si tu es sorti de prison) et Moshé, vous devez absolument apprendre le travail du cuir. Ainsi, vous pourrez me rejoindre. Paris est une ville merveilleuse : figurez-vous que personne n'attaque les juifs dans la rue ! On dirait même que les gens ne devinent pas que je suis juif. Oncle Hersch m'a tout de même conseillé de prendre un nom français, car il ne faut pas tenter le diable. Je m'appelle donc maintenant Jacques. Lui, il s'appelle Henri. Ma chère Pole, j'habite dans un quartier pauvre et je travaille tellement que je n'ai pas eu le temps de visiter les beaux quartiers. J'ignore donc comment sont vêtues les Parisiennes élégantes… Mamé, j'ai donné un souvenir de Paris à Baruk Seligman, un maroquinier qui retourne à Varsovie. Il devrait te l'apporter bientôt.

Votre Jacques.

Les deux derniers mots sont écrits de gauche à droite, en français, ce qui nous paraît très chic. Pour écrire le yiddish, on utilise l'alphabet hébreu, qui se lit de droite à gauche. Comme nous ne pouvons pas prononcer ce nom bizarre, Jacques (Yakouès ?), nous continuons de dire Schmiel. Le « souvenir de Paris » que nous apporte Baruk Seligman, c'est un billet de vingt dollars.

Quand il sort de prison, Anschel refuse de suivre le conseil de son frère aîné.

– Je suis tailleur. Je coupe de beaux tissus de laine. C'est un métier qui demande de la finesse et du goût. Je ne vais pas devenir cordonnier ou je ne sais quoi sous prétexte que les sacs de dame se vendent bien.

– Maroquinier, ce n'est pas pareil que cordonnier.

– Écoute, Mamé, je ne veux pas aller à Paris. Tu crois que c'est une bonne idée que tous les juifs partent à l'étranger ? Tu sais bien que les Polonais disent que nous n'appartenons pas à ce pays. Ce serait leur donner raison. Je dois rester ici pour aider le parti à faire la révolution, puisque Schmiel a déserté.

Moi, en tout cas, j'arrête de scier des planches chez l'ébéniste, je mets mon beau costume et je vais voir le cousin Layb, le maroquinier. Pour être sûr qu'il m'engage, j'accepte de travailler sans être payé. Avec l'argent que Schmiel nous envoie de France, nous avons de quoi acheter à manger.

Comme je suis nouveau, les employés de mon oncle voudraient que je passe mon temps à faire le ménage et à leur servir de domestique. « Moshé, va me chercher un morceau de pain ! » «Apporte-moi de l'eau ! » Les autres nouveaux sont obligés de leur obéir s'ils veulent être payés. Moi, je ne réclame pas de salaire, donc je suis libre. Je connais beaucoup de jurons, mes poings sont solides, je ne me laisse pas faire. J'apprends à couper le cuir avec une « pointe », qu'il faut constamment aiguiser avec une lime. Bientôt, je sais coller et replier les bords d'une pièce de cuir, cela s'appelle « remborder ». Je travaille dans la petite maroquinerie : les porte-monnaie et les portefeuilles. Peu à peu, mes doigts deviennent capables d'apprécier la souplesse et la douceur d'un cuir de qualité. Le cousin Layb dit que je suis habile. Il me montre comment « river » le cuir dans le fermoir en métal d'un sac de dame. C'est un travail délicat ; un bon riveur gagne quatre fois plus d'argent qu'un ouvrier ordinaire. Je fabrique un nouveau modèle de portefeuille avec du papier et je le montre à un modéliste. Il se moque de moi.

– Tu n'es qu'un apprenti. Reviens me voir dans dix ans !

On dirait qu'Anschel a vraiment envie de retourner en prison : il passe toutes ses nuits à coller des affiches. Ce qui devait arriver finit par arriver… Un soir, la police le surprend en plein effort. Heureusement, il a toujours été rusé ; sans compter qu'il a appris des tas de trucs derrière les barreaux. Il réussit à jeter le pot de colle et les rouleaux d'affiches pardessus un mur, puis il se met à embrasser passionnément la militante qui collait les affiches avec lui. Les policiers sont à moitié dupes. Ils l'emmènent au poste, mais ils n'ont pas de preuve. En le relâchant, ils le menacent :

– Si nous te prenons une nouvelle fois, sale juif, gare à toi !

Il est très dangereux pour un juif d'être « connu des services de police ». Les policiers peuvent envoyer Anschel en prison pour des années sous n'importe quel prétexte, ou même le tuer sans autre forme de procès. Il accepte donc de partir pour Paris. En attendant que Schmiel obtienne un permis de travail et achète un billet pour lui, il reste prudemment à la maison. J'apporte du cuir et quelques outils, je lui donne des leçons. C'est un plaisir de voir comme il apprend vite. Il est encore plus habile que moi !

Un an environ après Schmiel, Anschel quitte à son tour la Pologne. Ma mère devient la reine de la cour. Deux fils en France, qui envoient régulièrement des dollars ! Tout le monde sait que nous allons bientôt les rejoindre. On nous considère comme des anges en partance pour le paradis.

Nous prenons le train au mois de mai 1929. J'ai quatorze ans (même si mon passeport dit seize). Nous portons chacun deux gros paquets, serrés par des ficelles. Ma mère et Pole ont besoin de leur machine à coudre, c'est entendu, mais ma mère a voulu emporter aussi toute la vaisselle et les ustensiles de cuisine. Dans notre petit appartement, il ne reste que la table et les deux lits. Nous déménageons, nous émigrons, nous quittons la Pologne pour toujours.

Pendant le voyage, nous parlons du passé et de l'avenir. En Pologne, on nous traitait en étrangers. Nous risquions notre vie dès que nous sortions de notre cour. Nous n'avions rien à espérer et tout à craindre. À Paris, nous serons vraiment des étrangers. Nous devrons apprendre le français. Il faudra sans doute travailler dur.

Le train est plein de monde. Nous passons trente-six heures assis sur nos paquets. Une dizaine de minutes avant d'arriver à Paris, nous apercevons des petites maisons entourées de jardinets, des entrepôts, des usines, des garages, tout ce que l'on trouve dans les banlieues des grandes villes. Cette banlieue immense ressemble plus à celle de Berlin, que nous avons vue en passant, qu'à celle de Varsovie.

– Regarde, Pole, toutes les rues sont goudronnées !

– Toi qui aimes tant te vautrer dans la boue, je ne sais pas comment tu feras.

– Oh, regarde, une automobile ! Tu crois que tous les Français possèdent une automobile ?

– Tu te fais des idées : la France est peut-être plus moderne que la Pologne, mais ce n'est quand même pas l'Amérique.

Le train entre sous la haute voûte de la gare, ralentit, s'arrête dans un grand bruit de freins et de vapeur. Nous descendons sur le quai avec toutes nos possessions. Ma mère se précipite vers deux jeunes gens élégants.

– Schmiel ! Anschel ! Que je suis contente de vous revoir…

– Je m'appelle Jacques, Mamé.

– Et moi Albert.

Mon frère ne prononce pas son nom « Yakouès », mais quelque chose comme « Zak ».

– Dis donc, Moshé, tu as grandi ! Il faut que tu prennes un prénom français. Peut-être Maurice, c'est proche de Moshé. Et toi, Pole, tu deviendras Paule. Mamé, tu resteras toujours Mamé ! Vous avez emporté trop de bagages. Je vous avais conseillé de vous en tenir au strict minimum. Je ne sais pas où nous pourrons fourrer tout cela… Albert, prends les paquets de Mamé.

– Albert ? Qui est cet Albert ? Je ne confie pas mes sacs à n'importe qui.

– C'est moi, Mamé, ton fils ! Tu as déjà oublié mon nom français ?

Mes frères ont quitté la petite chambre qu'ils partageaient et ont loué une chambre plus grande dans le XIXe arrondissement de Paris, à côté du bassin de la Villette. Comme ce n'est pas très loin de la gare, nous y allons à pied. Nous montons six étages en portant la machine à coudre et la vaisselle. La chambre mesure à peu près trois mètres sur trois. Pole, je veux dire Paule, éclate de rire.

– Ça, c'est la chambre « plus grande » ? L'autre devait vraiment être toute petite ! J'ai entendu dire qu'en France, les gens ont un robinet d'eau dans leur appartement. Où est-il, ce fameux robinet d'eau ?

– Euh, il est dans la cour. Les W.-C. aussi.

– Si je comprends bien, c'est comme à Praga, sauf que là-bas nous descendions un étage pour aller chercher de l'eau alors qu'ici, nous en descendrons six.

Cela ressemble vraiment à notre logement de Praga : nous avons même repris le système des deux lits pliants. Si l'un de nous a envie de faire pipi au milieu de la nuit, il doit enjamber tous les autres pour sortir – un véritable exploit d'acrobate.

Jusqu'ici, Albert travaillait dans la journée avec Jacques chez l'oncle Henri (que ma mère appelle toujours Hersch). Le soir, il exerçait son ancien métier chez un tailleur nommé Brod, pour ne pas perdre la main. Maintenant, je le remplace chez l'oncle Henri et il travaille chez le tailleur à plein-temps. Ma mère et Paule ont trouvé facilement des travaux de couture. Elles installent la machine à coudre sur une petite table. Jacques et moi, quand nous revenons à la maison, nous rangeons la machine à coudre et posons sur la petite table d'abord notre dîner, puis du cuir déjà coupé pour fabriquer des portefeuilles. Paule nous aide à remborder et à coudre les pièces de cuir. Nous gagnons tellement d'argent que nous mangeons de la viande un jour sur deux, comme les riches. En Pologne, c'était une fois par mois quand tout allait bien. Du coup, Paule fait la difficile.

– Ici, le poulet est moins bon que chez nous.

– Chez nous, c'est ici !

– Vous connaissez la blague : « Quand le pauvre juif mange-t-il du poulet ? Quand l'un des deux est malade ! »

5

Ici, personne ne devine que nous sommes juifs

Au bout de trois ou quatre mois, Jacques et Albert ont fini de rembourser une certaine dame très débrouillarde qui nous a procuré des permis de séjour comme par magie. Nos revenus ne sont pas mirobolants, mais ils nous permettent de louer une autre petite pièce, de l'autre côté de la cour, qui nous sert de cuisine et de salle à manger. Nous pouvons enfin sortir la vaisselle et les casseroles des valises !

Au printemps de l'année 1930, c'est-à-dire presque un an après notre arrivée, nous nous sentons si riches que nous décidons de ne plus travailler sur notre petite table le dimanche après-midi.

– Venez, dit Jacques, je vais vous montrer un beau jardin. C'est tout près d'ici. Cela s'appelle les Buttes-Chaumont.

Pendant que ma mère et Paule préparent le poulet du dimanche, je sors avec mes deux frères pour ma première promenade à Paris. Rue Armand-Carrel, je vois cinq grands gaillards qui s'avancent à notre rencontre.

– Ils sont cinq et nous sommes trois. Ils paraissent forts. Il vaut mieux traverser la rue... Vite !

– Mais tu es fou, Maurice ? Au bout d'un an, tu te crois toujours en Pologne ! Ici, personne ne devine que nous sommes juifs, et d'ailleurs ils n'attaquent pas les juifs.

En 1931, nous emménageons dans un appartement gigantesque près du boulevard de Belleville. Nous passons du XIXe au XXe arrondissement. Nous avons deux pièces, une cuisine, l'eau courante ! Nous n'avons plus besoin de descendre dans la cour, parce que les W.-C. sont « sur le palier », une expression française qui signifie « au même étage ».

Jacques et Albert parlent un peu le français, moi pas du tout. Je n'ai pas l'occasion de rencontrer beaucoup de Français. Comme je travaille vite et bien, Jacques installe une machine à piquer pour moi dans notre nouvel appartement. Ainsi, je peux travailler pour plusieurs patrons. Je fabrique des sacs de sept heures du matin à dix heures du soir, donc je ne sors pas souvent. Je remborde, je pique, je fais tout de A jusqu'à Z. Les sacs sont des pochettes avec un rabat, sans fermoir – de la maroquinerie bon marché. Je n'ai pas besoin de river, ce qui est le travail le plus délicat.

Je me sens vite assez riche pour réduire mes horaires de travail. Pour me détendre après les heures passées devant ma machine, je m'inscris dans un club sportif, le YASC (Yiddische Arbeter* Sporting Club – Club des travailleurs juifs), où je vais deux ou trois soirs par semaine et le dimanche. Je fréquente aussi une association culturelle, située dans le même local que le club, où je vais le samedi après-midi pour écouter des conférences et emprunter des livres. Les conférences portent souvent sur le communisme et l'Union soviétique. Là-bas, les ouvriers ne sont pas exploités, les juifs ne sont pas persécutés. Hélas, je ne peux pas m'inscrire au parti communiste, parce que je risquerais d'être expulsé de France comme « élément subversif venu de l'étranger ».

Le dimanche, je vais souvent à la campagne avec mes amis du club sportif. Le YASC est une branche de la FSGT (Fédération sportive et gymnique du travail), un organisme proche du parti communiste qui loue des terrains de camping près de Paris pour les

* *Arbeter* est un mot yiddish. En allemand, on écrirait *Arbeiter*.

travailleurs. Des ouvriers communistes m'enseignent mes premiers mots de français au bord de la Marne. Je rencontre aussi à la FSGT des juifs polonais qui ne sont pas maroquiniers ou tailleurs, mais étudiants en médecine. Certains viennent des beaux quartiers de Varsovie. D'autres sont nés en Galicie orientale, une province qui n'appartenait pas à l'Empire russe avant la Grande Guerre, mais à l'Empire austro-hongrois ; les juifs y étaient moins pauvres que chez nous, dit-on. Ils sont tous venus en France parce que les universités polonaises limitent le nombre d'étudiants juifs. Leurs parents leur envoient de l'argent, donc ils n'ont pas besoin de fabriquer des portefeuilles. Quand nous jouons au volley-ball sur le terrain de camping, ils frappent la balle avec maladresse. Ils sont minces et paraissent fragiles. Les plus raffinés ne parlent même pas le yiddish, mais seulement le polonais. Bref, ce sont des bourgeois. Pourtant ils ont souffert parce qu'ils sont juifs, comme moi, et croient aussi que la révolution communiste mettra fin aux tourments de notre peuple.

J'apprends à nager dans la Marne, je joue au volley-ball et au basket-ball, mais ma principale activité sportive, c'est la boxe. Quand je suis entré pour la première fois dans le gymnase du YASC, près de la place de la République, j'ai vu des gars qui frappaient un punching-ball, d'autres qui se livraient à un petit combat d'entraînement. C'était magnifique, cela ressemblait à de la danse ! Moi qui me suis beaucoup servi de mes poings en Pologne, j'ai eu tout de suite envie de les imiter. Le professeur de boxe, un juif allemand nommé Karl, m'a donné des gants.

– Tu vas essayer de me toucher au visage ou au corps. Nous allons voir ce que tu sais faire.

– Je ne vais pas frapper trop fort.

– Ne t'inquiète pas. Frappe aussi fort que tu veux.

Je suis petit, mais large et musclé. Lui, c'est un véritable gringalet, mince comme un haricot vert. J'avais peur de lui faire mal... Seulement, je n'ai pas réussi à le toucher une seule fois. Il esquivait tous mes coups, comme s'il les avait prévus d'avance. Au bout de quelques minutes, ou peut-être même d'une seule minute, j'étais tellement essoufflé que j'arrivais à peine à respirer. Je ne pouvais plus me défendre. Il m'aurait assommé facilement s'il avait voulu. Il s'est mis à rire.

– Tu es très doué. Tu donnes beaucoup de coups. Tu as de l'énergie à revendre. Tu as quel âge ?

– Seize ans.

– Si tu travailles, tu deviendras un très bon boxeur.

Je suis son conseil, je travaille. Comme tous les boxeurs, je saute à la corde pour améliorer mon jeu de jambes. Je saute pendant trois minutes, je me repose et je recommence. Douze fois trois minutes. Je me couche sur le dos et je fais des exercices pour renforcer mes abdominaux. Je frappe le punching-ball. Karl hurle : « Plus vite ! Plus fort ! » J'installe un punching-ball chez nous, comme à Varsovie. Sauf que le sac est rempli de sable, comme il se doit, et non de chutes de tissu.

Avant de me battre contre un adversaire en chair et en os, j'apprends à me déplacer en sautillant : faire un pas de côté, avancer, reculer, tourner. Avec l'aide de Karl ou d'un autre ancien, j'apprends à esquiver les coups en reculant la tête, en me tournant, en me baissant. J'apprends à parer avec mes poings et avec mes avant-bras, qui deviennent aussi durs que du fer. J'apprends surtout à me défendre, parce que je sais déjà donner des coups. À vrai dire, quand je me bagarrais, je me contentais de frapper devant moi. Karl me dit que ce coup simple s'appelle le direct. Il me montre d'autres coups : le crochet, qui permet de contourner la garde de l'adversaire ; l'uppercut, un coup de bas en haut qui, bien ajusté à la pointe du menton, met l'autre K.-O.

Quand on livre un combat, on compte les coups qui touchent l'adversaire. Pendant des mois, aucun de mes coups ou presque ne parvient au but.

– Il ne faut pas que tu les téléphones ! me dit Karl.

– Eh, ce n'est pas facile.

– Tu prépares ton coup en bougeant tes bras, en grimaçant. Je devine facilement quand ça va partir. Tu dois apprendre à envoyer ton poing comme sans y penser…

Je livre mes premiers combats dans le local du club. Au début, je perds à chaque fois. Et puis, peu à peu, je commence à gagner un combat de temps en temps. Au bout de deux ou trois ans, je me bats assez bien pour représenter le club, avec mes camarades, dans des tournois de boxeurs amateurs. Comme je mesure un mètre soixante et pèse quarante-neuf kilos, j'appartiens à la catégorie « poids mouche ». Nous boxons dans un gymnase ou une salle des fêtes, devant un public qui hurle et qui siffle. Je sais donner des coups, je sais les recevoir, mais je sais surtout réfléchir pendant le combat. J'observe mon adversaire, je le juge, je le jauge, je devine ses défauts, je cherche la faille, je l'envoie au tapis. Moi, je reste toujours debout.

Je me bats aussi dans la rue, comme au bon vieux temps. Une grande crise a secoué le monde entier à partir de 1929. Les chômeurs sont de plus en plus nombreux. Des politiciens et des journalistes stupides disent qu'il faut renvoyer les étrangers chez eux afin de donner du travail aux Français. Certains, encore plus stupides, ajoutent que tout ça, c'est la faute des juifs. Les Français sont peut-être moins antisémites que les Polonais, mais ils ont tout de même condamné injustement le capitaine Dreyfus. Quand Hitler prend le pouvoir en Allemagne, les fascistes français deviennent plus hardis. Ils forment des groupes, des ligues. Ils aimeraient bien constituer des milices semblables aux sections d'assaut des nazis. L'un de ces groupes vient souvent dans le quartier de Belleville. Nous les nommons « les manteaux », car ils portent de longs imperméables sous lesquels ils cachent des matraques. Ils n'ont pas de mal à repérer les juifs à la terrasse des cafés, puisque nous parlons soit le yiddish, soit le français avec un horrible accent. Ils crient : « À bas les juifs ! » et distribuent généreusement coups de poing, coups de pied et coups de matraque. Les boxeurs du club décident d'organiser une contre-attaque. Deux d'entre nous s'assoient à la terrasse d'un café et parlent yiddish bien fort. Les manteaux arrivent et se mettent à les insulter, comme d'habitude. L'un des deux nôtres, Noïka, un juif roumain qui boxe bien mais surtout court très vite, se lève et donne un bon coup de poing sur le nez du fasciste le plus proche. Puis il s'enfuit en courant, toute la troupe des manteaux à ses trousses. Il ne va quand même pas trop vite, afin de ne pas semer ses poursuivants. Il entre brusquement sous une porte cochère, comme s'il voulait disparaître. Les fascistes entrent derrière lui, espérant le démolir sous la voûte. C'est là que nous les attendons… Ils se précipitent, se bousculent si bien que de simples croche-pieds suffisent à les faire tomber. Les uns se cognent la tête sur les pavés et sont à moitié assommés, les autres sont paralysés par l'effet de surprise. À dix contre vingt, nous réussissons à saisir leurs matraques sans difficulté et leur donnons un peu de leur médecine.

Après cette mésaventure, les manteaux ne se risquent plus dans notre quartier, mais les policiers multiplient les contrôles d'identité dans la rue. À notre avis, soit les manteaux et les policiers sont amis, soit ils ont des amis communs. J'ai de la chance : je possède une carte d'apprenti maroquinier en règle. De son côté, mon frère Jacques a obtenu une précieuse carte de travail quand il est venu en France – c'était avant la grande crise. Albert, Paule et ma mère, qui possèdent des permis de séjour mais pas de permis de travail, risquent d'être expulsés. Quand la police vient contrôler l'atelier de son patron, Albert se cache dans une armoire.

6

Elle parle français comme une vraie Parisienne

Au printemps de l'année 1935, je rencontre Rachel sur un terrain de camping. Elle est née en France, mais ses parents sont juifs polonais. Elle parle le yiddish comme nous et le français comme une vraie Parisienne, ce qui me laisse béat d'admiration. Je trouve miraculeux qu'une juive, une femme de mon peuple, ressemble à ces fascinantes petites femmes de Paris que nous croisons dans la rue. Ma sœur Paule (qui est à peu près la seule autre femme que je connaisse, à vrai dire) a beau se coudre des robes à la dernière mode, elle n'a pas l'élégance naturelle de Rachel. Elle est jalouse.

– Alors, mon petit Maurice, on dirait qu'elle t'a tapé dans l'œil, celle-là ! Attention : tout ce qui brille n'est pas or.

– Qu'est-ce que tu racontes ? C'est juste une copine. Elle déteste les fascistes et admire l'Union soviétique, comme moi, donc nous nous entendons bien. Elle m'enseigne le français ; quand je ne comprends pas une expression, elle peut me l'expliquer en yiddish.

– Elle te court après parce que tu es boxeur. Toutes les femmes aiment les boxeurs.

– Je peux te présenter des camarades du club, si tu veux.

Peu à peu, Rachel devient plus qu'une copine. Avant la fin de l'année, nous nous marions à la mairie du XIXe arrondissement. J'ai seulement vingt ans, bien que le certificat de mariage dise vingt-deux. Nous nous installons dans une chambre avec cuisine, à une centaine de mètres de l'appartement de ma mère. Mon frère Jacques, qui s'est marié juste avant moi, habite aussi dans le quartier. Albert et Paule restent avec ma mère.

Rachel s'occupe des livraisons dans une maison de chapeaux pour dames. Le soir, elle prend des cours pour devenir sténodactylo. Nous ne roulons pas sur l'or, mais nos économies nous permettent tout de même d'aller dans un grand magasin de meubles, les Galeries Barbès, et d'acheter une merveilleuse invention moderne, un « canapé transformable ». Dans la journée, c'est un fauteuil très large et confortable. Pour la nuit, nous poussons la table jusqu'à la fenêtre et rangeons les chaises sur la table, puis nous déplions le canapé, qui se transforme en lit à deux places. Le mécanisme est vraiment ingénieux... Je n'aurais pas pu inventer un truc pareil, mais j'ai fabriqué tout le reste : la table, les chaises, les étagères. Je me souviens des jours où je sciais des planches pour un ébéniste à Varsovie. Je scie, je rabote, je perce des trous, j'assemble, je peins. Je suis ce que les Français appellent un « bricoleur ». D'ailleurs je crois que tous les pauvres sont bricoleurs. Bien obligés. J'aime beaucoup réparer un robinet qui goutte et remplacer les plombs qui ont sauté.

On tourne le robinet et l'eau coule, on appuie sur le bouton et la lampe s'allume ; c'est fantastique ! Rachel trouve ma joie bien naïve.

– On dirait que tu n'as jamais vu un robinet d'eau et une lampe électrique.

– Il y en avait chez mon oncle Prezman, à Varsovie, mais pas chez nous. J'ai bien fait de venir en France. Je vis comme un riche !

Un événement extraordinaire se produit en

1936 : un juif, Léon Blum, devient chef du gouvernement français. On n'imagine pas une chose pareille en Pologne. C'est même tout le contraire : les Polonais chassent les juifs de tous les postes importants, comme les Allemands l'ont fait à partir de 1933. De nouvelles cohortes de juifs découragés et inquiets arrivent à Paris tous les jours. Les partis et les journaux antisémites deviennent de plus en plus virulents.

Le gouvernement de Léon Blum, soutenu par les socialistes et les communistes alliés au sein du « Front populaire », force les patrons à accorder aux travailleurs deux semaines de congés payés. Je ne suis plus un travailleur clandestin, parce que mon oncle me déclare, donc j'ai droit aux vacances, moi aussi. Nous partons camper dans le Jura avec « Les Amis de la nature », un nouvel organisme issu de la FSGT. Ce sont les premières vacances de ma vie ! Je crois que je suis heureux, autant qu'on peut l'être. J'habite dans un appartement petit mais confortable, je mange à ma faim, je vis avec la femme que j'aime. J'ai des tas de copains que je vois le soir au club et le dimanche sur les terrains de camping.

En 1938, à vingt-trois ans, j'ai déjà sept ans de boxe derrière moi. J'aide Karl à donner des cours aux nouveaux venus. Un jour, Karl me présente un petit gars et me demande de voir ce qu'il a dans le ventre.

– Bon, enfile une paire de gants et essaie de me taper dessus. Comment tu t'appelles ?

– Rosenberg.

– Moi, c'est Wisniak. Quel âge as-tu ?

– Quinze ans.

Ce gamin est encore plus petit que moi : il mesure peut-être un mètre cinquante-cinq. Je me souviens de mon arrivée au club... J'étais à sa place, face à Karl. Je tapais comme un fou, j'en oubliais même de respirer, mais je ne parvenais pas à toucher mon adversaire. Maintenant, c'est à mon tour de sautiller avec élégance et d'esquiver en souriant. Ah, mais ce n'est pas facile du tout. C'est qu'il se prend pour une mitrailleuse, le petit. Il frappe des deux mains, n'importe comment, sans réfléchir. Je souris moins. Je pare, je sautille, j'esquive. Vivement qu'il se fatigue ! En fin de compte, je suis obligé de lui envoyer un ou deux coups au corps pour le calmer. Il devient furieux ! Bon, il finit par s'arrêter, complètement épuisé. Moi, au passage, j'ai pris un petit coup de rien du tout dans la mâchoire. Quand je rentre à la maison, Rachel pousse de grands cris.

– Mais Maurice, tu t'es regardé ? Tu es tout défiguré !

– Ma mâchoire est un peu de travers, mais elle va se remettre. C'est ce qu'on appelle les risques du métier.

– Écoute, tu ne peux pas continuer. C'est un sport dangereux. Tu es un honorable chef de famille, un futur père. Tu as des responsabilités.

Je n'obéis pas toujours à Rachel. Pourtant, je reconnais qu'elle a plus de bon sens que moi. Elle est enceinte, donc ce n'est pas le moment de l'inquiéter en faisant l'andouille. J'accepte de me montrer raisonnable et je raccroche les gants. J'ai bien boxé. J'ai remporté plusieurs dizaines de victoires. Je me suis battu contre Nab, le champion de Paris amateur de la catégorie poids mouche, et j'ai fait match nul. Si je l'avais vaincu et si le titre avait été en jeu, je serais devenu champion de Paris ! Je n'ai jamais envisagé de passer professionnel. J'aimais bien la boxe, mais pas au point de ne faire que cela. Karl me disait que j'avais les poings et les jambes qu'il fallait pour devenir un vrai champion, mais qu'il me manquait quelque chose dans la tête : de la méchanceté, de la hargne… Je n'avais pas vraiment envie de faire du mal au gars qui me faisait face. J'ai assisté à plusieurs combats du grand champion Marcel Cerdan. En dehors du ring, c'est un homme très doux, parfaitement charmant. Dès qu'il se bat, il ressemble à un chien enragé. On a l'impression qu'il en veut personnellement à son adversaire, qu'il va tenter de le tuer.

Mon frère Jacques dit que si je ne suis pas assez méchant, c'est parce que je n'ai pas eu de père.

– Tu connais le Dr Freud ?

– Je ne connais aucun docteur. Je suis en bonne santé, heureusement.

– Mais non, ce n'est pas un médecin de Paris. C'est un grand savant qui habite à Vienne. Il a inventé la psychanalyse. Tu en as entendu parler ?

– Vaguement. Je crois qu'il y avait un article là-dessus dans *Die Naïe Presse*, l'autre jour, mais je ne l'ai pas lu.

– D'après cette théorie, tous les garçons sont amoureux de leur mère et jaloux de leur père. Ils ne le savent pas, parce que ces sentiments sont plus ou moins inconscients. C'est ce qu'on appelle le complexe d'Œdipe. Ils veulent tuer leur père et épouser leur mère, comme le héros grec Œdipe.

– Personne ne fait cela.

– Bien sûr, mais tous les garçons désirent le faire, dans leur inconscient. Comme ils n'ont pas le droit de tuer leur père, ils se vengent sur d'autres hommes. Quand ton Marcel Cerdan essaie d'assommer son adversaire, il tape en vérité sur son père sans le savoir. Toi, tu n'as pas connu ton père, donc tu n'as pas envie de faire du mal à tes adversaires.

Je ne sais pas où Jacques va chercher toutes ces théories bizarres. Ou plutôt, je sais : dans les livres qu'il lit en dehors de ses heures de travail. Moi je me détends en faisant du sport, lui en lisant. Je lis tout de même *Die Naïe Presse*, un journal juif plus ou moins communiste, qui paraît depuis 1934. Jacques dit que Paris est vraiment une ville formidable, parce que l'on trouve une bibliothèque municipale gratuite dans chaque mairie d'arrondissement. À partir du moment où j'arrête la boxe, je me mets à lire, moi aussi. J'emprunte des livres en yiddish à la bibliothèque de l'association culturelle : les grands écrivains juifs Peretz, Scholem Aleichem, Schalom Asch ; des traductions en yiddish de Tolstoï, Gorki, Upton Sinclair, Maupassant.

Jacques a une petite fille nommée Rose, née en 1937. Au moins, elle ne sera pas jalouse de lui et n'essaiera pas de le tuer comme cet Œdipe. Mon frère Albert s'est marié à son tour et il a déjà une fille, lui aussi.

Léon Blum a dirigé la France pendant un an seulement. En 1938, un gouvernement de lâches laisse l'Allemagne annexer une partie de la Tchécoslovaquie. Hitler ne va pas s'arrêter là, c'est évident. Nous aurons la guerre, et ce sera terrible.

Notre petit Élie naît le 15 mai 1939.

7
Les Allemands martèlent les rues de Paris de leurs bottes luisantes

Le 1er septembre 1939, les Allemands bombardent Varsovie et envahissent la Pologne. La France et l'Angleterre, alliées de la Pologne, déclarent la guerre à l'Allemagne.

Un combat de boxe amateur dure seulement trois rounds. On monte sur le ring et on échange des coups tout de suite, sans cérémonie. Un grand combat professionnel, en dix ou quinze rounds, c'est bien différent. Souvent, il ne se passe pas grand-chose pendant le premier round. Les boxeurs avancent, reculent, envoient un petit coup pour voir, esquivent, attendent. On parle de « round d'observation ». Dans le grand combat entre la France et l'Allemagne, le round d'observation dure plusieurs mois. On appelle cette période la « drôle de guerre ». Dès la fin du mois de septembre, la Pologne est vaincue, écrasée, dépecée. Pendant ce temps, la France et l'Angleterre sautillent sur place pour s'échauffer.

Des militaires polonais qui ont échappé au désastre et se sont réfugiés en France décident de former une armée en exil, afin de reconquérir la Pologne. Tous les Polonais vivant en France doivent s'engager dans cette armée. Moi, je ne me sens plus tellement polonais. Et puis j'ai une famille, un bébé… Des policiers contrôlent mon identité dans la rue. Un homme jeune sans uniforme, c'est louche. Après m'avoir gardé trois jours au poste, ils m'envoient dans l'armée polonaise. Je me demande si ces militaires en exil ont envie d'incorporer des juifs dans leur armée. Ils me disent de rester chez moi et d'attendre : « On vous écrira… On aura besoin de vous pour défiler à Varsovie. »

J'aurais mieux fait de suivre Albert. Il a trouvé une bonne combine : il s'est engagé dans la Légion étrangère. Jacques l'a imité. Comme ils se battent pour la France, ils ont le droit de demander la nationalité française. À vrai dire, ils ne se battent pas beaucoup. Les Allemands mettent la France K.-O. en quelques semaines, en mai et en juin 1940. Le commandant du régiment de Jacques dit à ses hommes :

« Nous serons bientôt encerclés. Mettez des habits civils et sauvez-vous ! » C'est ainsi que Jacques revient tranquillement chez lui.

De son côté, Albert est capturé par les Boches avec tout son régiment et emmené dans un camp de prisonniers en Alsace. Il se débrouille pour convaincre le colonel allemand qui commande le camp qu'il est un tailleur virtuose et peut lui confectionner un beau costume. Le colonel – dont il a pris soigneusement les mesures – l'installe dans une petite pièce, lui donne du tissu et du fil, vient pour les essayages, s'admire dans la glace. Albert écrit à Paule que tout va bien. Paule prend le train et vient lui rendre visite. À cette occasion, le colonel accorde à Albert une permission d'une journée. Albert et Paule reprennent le train et filent en zone libre. Comme Albert connaît quelqu'un à Montauban, ils s'installent dans cette ville. La femme et la fille d'Albert les rejoignent.

Les Allemands martèlent les rues de Paris de leurs bottes luisantes. Je n'ai plus du tout envie de sortir me promener. Au début du mois de novembre 1940, ils annoncent par voie d'affiches que les juifs doivent se présenter dans les commissariats pour se déclarer. Le décret comporte des menaces, évoque des « sanctions sévères » pour quiconque se déroberait. On peut faire confiance aux nazis pour la sévérité. De toute façon, je n'ai pas le choix : avec mon prénom, Moszek (version polonaise de Moshé, c'est-à-dire Moïse), je peux difficilement prétendre que je ne suis pas juif. Ma mère, mon frère Jacques, mes copains du club, tout le monde se déclare. Les fonctionnaires notent notre nom et notre adresse, puis apposent un tampon « juif » sur notre carte de séjour.

Six mois plus tard, le 12 mai 1941, je reçois par la poste la convocation suivante :

Préfecture de police

M. Wisniak, Moszek Ajzyk

est invité à se présenter en personne, accompagné d'un membre de sa famille ou d'un ami, le 14 mai 1941, à 7 heures du matin, 2, rue Japy (gymnase) pour examen de sa situation. Prière de se munir de pièces d'identité. La personne qui ne se présenterait pas aux jours et heures fixés s'exposerait aux sanctions les plus sévères.

Je connais bien le gymnase Japy. J'y ai boxé ! Ce n'est pas très loin de chez moi, si bien que j'y vais à pied avec Rachel, après avoir déposé Élie chez ma mère. Cette convocation est bizarre. Pourquoi une personne de ma famille doit-elle m'accompagner ? Rachel est inquiète.

– Nous aurions peut-être dû trouver le moyen de rejoindre ton frère et ta sœur à Montauban.

– Tu quitterais ton travail ? Et moi, tu crois que je trouverais d'autres clients là-bas ?

En approchant de la rue Japy, nous rencontrons d'autres juifs polonais. Plusieurs centaines de personnes se pressent à l'intérieur du gymnase. Je retrouve mon frère Jacques et plusieurs copains du club. Les policiers demandent à nos femmes ou amis d'aller chez nous et de rapporter une valise contenant nos affaires, car nous devons être internés dans un camp. Ainsi, nous savons pourquoi quelqu'un devait nous accompagner. Jacques a les larmes aux yeux.

– Ma petite Rosette dormait encore. Je ne lui ai même pas dit au revoir.

– Et moi, je serai absent pour l'anniversaire d'Élie : il a deux ans demain. Rachel a prévu de cuire un gâteau. Elle a acheté deux petites bougies. Je lui ai bricolé un petit camion en bois, avec des roues en fer. Ces salauds ! Ils nous ont bien eus. S'ils avaient parlé de valise dans la convocation nous ne serions jamais venus. Nous nous serions cachés ou nous serions partis à Montauban. C'est drôlement rusé : «Venez accompagné »...

– Les Allemands ont certainement expliqué à la police française comment faire.

– Tu crois que les Français ne sont pas capables d'inventer ça ? La police est la même partout !

Une heure plus tard, Carole (la femme de Jacques) et Rachel nous apportent nos affaires. Quand nous demandons aux policiers où ils vont nous emmener, ils répondent : « Dans un camp », mais refusent d'en dire plus. Où se trouve ce camp ? En France ? En Allemagne ? Combien de temps y resterons-nous ? Rachel, prudente, a fourré dans mon sac à dos un épais tricot et mes grosses chaussures d'hiver. Elle a apporté aussi mon pardessus.

8
Une petite ville nommée Pithiviers

Me voici donc, sac au dos comme lorsque j'allais camper au bord de la Marne, en train de monter dans un autobus avec mon frère Jacques et d'autres juifs. Je dis à Rachel de ne pas s'inquiéter et d'embrasser Élie de ma part. Elle console Carole, qui pleure comme une Madeleine.

Par la fenêtre de l'autobus, je vois des Parisiens qui se promènent, qui vont à leurs affaires, qui ne pensent pas à se réjouir d'être libres. Nous traversons la Seine. J'aperçois les hautes tours et la flèche orgueilleuse de la cathédrale Notre-Dame. J'habite à Paris depuis plus de dix ans, pourtant je n'ai jamais visité Notre-Dame. Je me promets de le faire dès que je serai libre, et aussi de monter sur la tour Eiffel...

L'autobus rejoint un bataillon de ses semblables

dans la cour de la gare d'Austerlitz. Le visage de Jacques, qui était très sombre, s'éclaircit un peu.

– Nous restons en France. Si nous allions en Allemagne, nous partirions de la gare de l'Est ou de la gare du Nord.

Nous montons dans un train semblable à ceux que je prenais le dimanche. C'était le bon temps ! Nous traversons des banlieues tranquilles. Je reconnais les méandres paresseux de la Seine, puis la forêt de Fontainebleau. Nous longeons des champs et des prairies. Le train s'arrête dans une petite ville nommée Pithiviers. Tous les passagers paraissent soulagés : rien de grave ne peut nous arriver si près de Paris.

Nous découvrons le camp… D'après les gendarmes, il a été construit pour accueillir des prisonniers allemands, à l'époque où la France espérait gagner la guerre. Il contient une vingtaine de baraquements en bois couverts de tôle ondulée, une infirmerie, quelques bâtiments administratifs. L'aménagement des baraquements est plutôt spartiate : nous couchons sur deux étages de planches couvertes de paille. Je me souviens des charretiers de notre cour, à Praga, qui dormaient dans l'écurie avec leurs chevaux… On ne nous donne pas grand-chose à manger. Jacques dit que les Allemands affament toujours les détenus de leurs camps de concentration pour briser leur volonté et leur esprit de résistance. Heureusement, les gendarmes nous laissent écrire à nos femmes, de sorte qu'elles nous envoient bientôt des colis de nourriture.

Peu à peu, nous apprenons ce qui s'est passé : trois mille cinq cents juifs polonais et quelques dizaines de juifs tchèques ont été arrêtés le 14 mai, puis répartis entre deux camps, Pithiviers et Beaune-la-Rolande (une autre petite ville du Loiret). Le communiqué officiel a dit que l'on avait arrêté des juifs étrangers, des parasites qui vivaient de divers trafics, pour les mettre au travail. Jacques trouve cela comique.

– Avant la guerre, il y avait tous ces partis antisémites qui se plaignaient : les juifs prennent le travail des Français ! Maintenant, ils nous reprochent d'être des parasites paresseux et prétendent nous mettre au travail de force…

– J'aimerais bien qu'ils nous donnent du travail. Cela m'énerve de ne rien faire de toute la journée.

– Tu sais que ce camp est plein de juifs très savants ? Des gars qui sont venus en France pour étudier la médecine ou les mathématiques. J'ai entendu dire qu'ils allaient organiser des conférences.

– Va à tes conférences. Moi, j'aimerais bien qu'ils nous donnent des ballons pour jouer au football.

Au mois de juillet, la direction du camp autorise une journée de visite. Pendant des semaines, je pense au moment où je reverrai enfin Rachel et mon petit Élie. Puis ce moment arrive, et il passe tellement vite... En deux mois, mon fils a changé. Il parle mieux, il sourit autrement...

Le 21 juin 1941, les Allemands attaquent l'Union soviétique par surprise. En 1939, Staline a signé un pacte avec Hitler, parce qu'il n'était pas prêt à faire la guerre. J'espère qu'il est prêt, maintenant. L'armée allemande n'arrivera pas à Moscou aussi facilement qu'à Varsovie ou à Paris, donc la guerre va durer encore longtemps. Je resterai peut-être des années dans ce camp, et mon fils grandira loin de moi.

Les gendarmes demandent des volontaires pour aller travailler en dehors du camp. Je vais vite chercher Jacques.

– C'est une occasion inespérée.

– Oui, cela vaut mieux que cet ennui mortel.

– Je veux dire une occasion de s'évader. Une fois que nous serons dehors, ce sera facile.

Seulement, ils nous séparent : ils placent Jacques dans un atelier de Pithiviers, moi chez un gros paysan avec une vingtaine de camarades. Comme j'ai toujours vécu dans une grande ville, je n'ai jamais rencontré aucun paysan. Je pensais que les paysans étaient des pauvres gens, comme les ouvriers, exploités et opprimés par les riches. Eh bien, ce paysan-là ne se contente pas de nous exploiter : il nous traite comme de véritables esclaves. Nous devons moissonner, ramasser le foin, retourner la terre, nourrir les bêtes. C'est dur, cela ne s'arrête jamais, il nous nourrit à peine. On dirait qu'il n'est pas content d'avoir des travailleurs qui ne lui coûtent rien. Au lieu de nous remercier, il nous insulte : «Vous les juifs, vous n'êtes bons à rien. Vous savez mieux voler notre argent que tenir une faux ! » Le gendarme qui nous accompagne est indigné : « Il vous traite comme des chiens ! »

Ce gendarme est bien brave – ce qui n'est pas le cas, loin de là, de tous ceux qui nous gardent. Il ne trouve pas normal que nous soyons détenus dans un camp.

– Écoutez, les gars, quand je vous emmène chez le paysan, je ne peux pas vous surveiller tous. Si je constate qu'il en manque un ou deux quand nous arrivons à la ferme, qu'est-ce que vous voulez que je fasse ? Je ne peux pas laisser les autres pour aller prévenir les collègues, donc j'attendrai notre retour au camp pour le signaler.

Autrement dit, il nous encourage à nous évader. J'en parle à mon frère.

– C'est simple. Nous nous cachons dans un bois, puis nous marchons toute la nuit vers le sud. Nous franchissons la ligne de démarcation qui sépare la zone occupée de la zone libre. Tu sais où se trouve Montauban ?

– Euh, je crois que c'est à côté de Toulouse.

– Nous demanderons notre chemin. Nous finirons par y arriver, d'une manière ou d'une autre.

– Oui, mais moi, je ne peux pas sortir de l'atelier. Nous sommes juste six juifs et le gendarme nous tient à l'œil. Tu n'as qu'à partir tout seul. Je te rejoindrai quand je pourrai.

Je pourrais m'en aller de mon côté, c'est sûr. Et Jacques ? Sans moi, est-ce qu'il saura fausser compagnie aux gendarmes, se cacher, traverser la France ? Il est si peu dégourdi… Même au camp, il réussit à trouver des livres et à rêvasser comme un étudiant. Devenir un hors-la-loi, ça ne s'apprend pas dans les livres. Je ne peux pas l'abandonner ; je dois m'occuper de lui.

9

D'habitude, ces wagons transportent des bœufs

Je n'ai pas su saisir ma chance. Maintenant, c'est trop tard. Plus de cent prisonniers se sont évadés au cours des six premiers mois de notre détention. Il paraît que les Allemands sont furieux. Les gendarmes ajoutent des barbelés tout autour du camp. Plus personne ne sort travailler à l'extérieur. Nous entendons dire que le camp va être évacué. À partir du mois de mai 1942, des centaines d'hommes partent chaque semaine on ne sait où. On parle d'un camp à Compiègne ; d'un autre à Drancy, près de Paris. Des rumeurs plus inquiétantes évoquent des camps en Allemagne ou en Ukraine. Faute d'informations précises, nous utilisons un nom imaginaire, Pitchipoï, pour désigner le coin mystérieux d'Europe orientale où l'on déporte les juifs.

Mon frère part au mois de juin, moi, le 17 juillet. En allant à la gare de Pithiviers, je marche à côté de Brod, que je connais depuis longtemps. Il est tailleur ; mon autre frère, Albert, travaillait chez lui quand nous sommes arrivés en France. Il a boxé pendant un an ou deux, de manière irrégulière, avant de s'arrêter parce qu'il trouvait l'entraînement trop fatigant. J'ai continué à le voir le dimanche, au bord de la Marne. C'est un veinard : à Pithiviers, il travaillait dans les cuisines.

– Dis donc, Brod, tu as bonne mine ! Tout le monde crevait de faim, mais toi, tu as réussi à prendre du ventre.

– Eh, tu n'es pas spécialement maigre toi-même, Wisniak !

– Ma femme m'envoyait des colis. Remarque, j'ai beaucoup grossi depuis que j'ai arrêté la boxe. Je suis passé de quarante-neuf kilos à quatre-vingt-cinq ! J'ai quand même gardé la forme. Je continuais à faire du sport le samedi et le dimanche.

– Je m'en souviens. Tu nageais et tu jouais au volley-ball. Rachel va bien ?

– Aux dernières nouvelles, ça allait. Nous avons un fils, Élie, qui a trois ans. Et toi, tes enfants ?

– J'en ai un de plus.

– Quatre ?

– J'aime bien les grandes familles ; j'ai huit frères et sœurs. Ma petite dernière, remarque, je l'ai à peine vue. Dis donc, tu as une belle veste. C'est ton frère qui l'a coupée ?

– Oui, c'est Albert.

– Il travaille bien. Quand il s'est établi à son compte, j'ai perdu mon meilleur ouvrier. Il est marié ?

– Il s'est marié juste avant la guerre. Il a une petite fille.

– Tu sais quoi ? Ils ont peut-être décidé de nous ramener à Paris et de nous libérer pour le 14 juillet. Nous pourrons aller danser avec nos femmes !

– Cela m'étonnerait que les Boches laissent les Français fêter le 14 juillet. Mon frère m'a dit que la France n'est même plus une république. Si j'avais su, j'aurais émigré en Amérique.

– Si j'avais su, je ne me serais pas déclaré comme juif. Ils ne peuvent pas contrôler tout le monde. Tu connais l'histoire des deux juifs qui se promènent à Moscou ?

– Non.

– Cela se passe à l'époque du tsar. L'un des deux juifs possède un permis de séjour, l'autre pas. Soudain, un policier s'avance vers eux. « Cours vite, dit celui qui n'a pas de permis. Le policier te poursuivra, mais ce n'est pas grave, puisque tu es en règle. Moi, j'en profiterai pour m'enfuir. » Le juif se met à courir, le policier le poursuit et finit par le rattraper. « Alors, mon gaillard, tu n'as pas de permis ? » Le juif, tout essoufflé, montre son permis : « Mais si, monsieur l'agent, le voici. » Le policier est très étonné : « Dans ce cas, pourquoi est-ce que tu t'es mis à courir ? » « Mon médecin m'a conseillé de courir tous les jours pour rester en forme. » « Tu n'as pas vu que je te poursuivais ? » « Si, mais j'ai cru que votre médecin vous avait donné le même conseil ! »

À la gare de Pithiviers, nous découvrons un long train de marchandises. Brod me fait remarquer une minuscule fenêtre grillagée au-dessus de la porte des wagons.

– Ce sont des wagons à bestiaux.

– Tu veux dire que, d'habitude, ces wagons transportent des bœufs que l'on mène à l'abattoir. C'est mauvais signe.

Les gendarmes passent le relais à des soldats allemands, qui poussent quatre-vingts hommes dans chaque wagon. Il m'est arrivé plusieurs fois de prendre le métro à l'heure où les employés quittent leurs bureaux. Les voyageurs étaient si nombreux que je pouvais à peine respirer. Chaque fois, je me jurais de faire bien attention, à l'avenir, d'éviter cette heure-là. Et voici que je n'ai pas fait attention : je suis de nouveau monté dans un wagon à l'heure d'affluence, sauf que je ne peux pas en redescendre pour souffler un peu… Le train roule toute la journée, puis toute la nuit. Il s'arrête. Brod me fait la courte échelle pour que je puisse regarder par l'ouverture.

– C'est une gare. Je ne vois pas le nom de la ville, mais les gens parlent allemand. Ah, les salauds !

– Qu'est-ce qui se passe ?

– En voyant ma tête à la fenêtre, ils rigolent. Attends, un des soldats qui nous accompagnent vient par ici. Quelqu'un parle bien allemand, dans ce wagon ?

Un camarade juif autrichien, qui parle le véritable allemand en plus du yiddish, demande au soldat s'il est possible d'avoir un peu d'eau et de vider l'unique seau qui sert de W.-C. à quatre-vingts personnes. Nous n'avons rien bu depuis près de vingt-quatre heures. À la chaleur de l'été s'ajoute celle de nos corps fiévreux… Le soldat, après avoir consulté ses chefs, autorise l'Autrichien à sortir. Quatre camarades possèdent des bouteilles dans leur sac. L'Autrichien trouve un robinet d'eau et remplit les bouteilles. Quatre litres pour quatre-vingts assoiffés ! Nous buvons une gorgée chacun.

Le train repart. Les heures se succèdent, la chaleur augmente. Rien mangé depuis hier. Bu une malheureuse gorgée d'eau. Des camarades se sentent mal, hurlent comme des bêtes. Combien de temps vais-je tenir avant de hurler moi-même ? Le train ralentit. Nouvel arrêt. Où sont les soldats ? De tous les wagons s'élèvent des cris en français, en yiddish, en allemand.

– Eh, nous avons soif !

– Des hommes sont malades !

– Le seau déborde !

Des hommes en uniforme noir s'approchent. Des SS. On dirait qu'ils ont pris la place des soldats.

– Arrêtez ce vacarme, sales porcs, sinon nous tirons dans le tas !

Pour donner plus de poids à leur menace, ils tirent effectivement une rafale de mitraillette dans un wagon. Plus personne ne crie. Une chape de silence recouvre le train. Pithiviers, ce n'était pas très agréable, mais nous devinons que nous pouvons tomber beaucoup plus bas dans la déchéance et l'angoisse. Notre voyage vers l'horreur ne fait que commencer.

Pendant toute mon enfance, j'ai vécu avec la faim

comme avec une compagne familière, mais je n'ai jamais rencontré la soif. Je découvre cette sensation cruelle. Je n'arrive plus à penser à autre chose. Ma gorge est aussi râpeuse que du papier de verre. Ma langue tourne dans ma bouche à la recherche de quelques gouttes de salive. Mes lèvres brûlent. Des camarades gémissent, délirent, se mettent à hurler : « Je ne veux pas mourir ! » Nous étouffons leurs cris avec des chemises, de peur que les SS ne tirent dans notre wagon à la prochaine gare. Certains perdent connaissance mais restent debout, soutenus par la presse de leurs voisins. D'autres s'effondrent, glissent par terre, inconscients ou peut-être morts. Avaient-ils prévu qu'ils mourraient un jour de soif et d'épuisement dans un wagon à bestiaux ?

Le seau a débordé depuis longtemps. Une odeur épouvantable envahit le wagon, imprègne nos vêtements, nous tourne la tête. Quand le train s'arrête dans une gare, les SS hurlent : « Vous sentez la merde ! Vous êtes de la merde ! » Nous nous tenons à tour de rôle près de l'ouverture pour respirer un peu d'air frais. Mes pensées sont comme ralenties. Par moments, je dors debout. Dans mes rares instants de lucidité, je me répète que ce voyage s'achèvera bien un jour et que je sortirai de ce wagon, mort ou vif.

10
Tu as vu le nom de la gare sur les panneaux ? Auschwitz

Vers la fin de la troisième nuit, alors que le coin de ciel que nous apercevons par l'ouverture grillagée commence à pâlir, le train s'arrête et nous entendons des hurlements : « *Aussteigen ! Los ! Los !* (Dehors ! Allez ! Allez !) » Nous sommes arrivés.

Les SS ouvrent la porte du wagon. Ils nous ordonnent de laisser nos bagages à l'intérieur : « On vous les apportera plus tard. » Nous savons bien que ce n'est pas vrai. Il y a un bon millier de personnes dans ce train, mais nous n'avons pas marqué nos bagages. Comment pourrions-nous les retrouver ? Au cours de ce voyage, nous avons peu à peu cessé de réfléchir, mais nous avons deviné que nous nous rapprochions de la mort. Du coup, les biens matériels perdent de leur importance... Je ne reverrai jamais mon fidèle sac à dos. Je ne pense pas à mon pyjama ni à ma brosse à dents, mais à ma vie devenue si fragile.

Après trois jours dans la pénombre du wagon, la lumière du petit jour m'éblouit. J'ai du mal à voir le quai. Mes jambes sont raides. Pourtant, je me précipite, je descends, je saute... Pour accélérer l'évacuation du train, les SS distribuent des coups de tous côtés avec une sorte de longue matraque flexible. Aïe ! Cela fait très mal... Tout en frottant mon épaule, je remarque une bille d'acier au bout de la matraque. Certains camarades tombent par terre, à moitié assommés.

La gare se trouve en pleine campagne. Des SS armés de fusils, tenant en laisse des chiens-loups, sont alignés sur le quai. Un SS tous les deux mètres.

Soudain, un SS se met à crier. La langue allemande n'est peut-être pas aussi mélodieuse que le yiddish, mais elle est tout de même magnifique dans les poèmes de Goethe ou de Schiller. On dirait que les SS parlent une autre langue, une variété d'allemand qui se hurle. Que se passe-t-il ? Nous tendons le cou pour voir. Un camarade, tout en laissant sa valise dans le wagon, a emporté un petit paquet entouré de ficelle. Trois SS lui donnent des coups de crosse de fusil. « Nous avions dit : ne rien emporter ! » Il tombe par terre. Ils lui défoncent le crâne à coups de crosse. L'un des SS saute de côté, comme un boxeur, pour éviter que le sang et les bouts de cervelle ne giclent sur ses belles bottes noires.

Nous avions commencé à parler à voix basse :

– Tu as vu le nom de la gare sur les panneaux ? Auschwitz. C'est un nom allemand.

– Tu crois que nous sommes en Allemagne ?

La mort de notre camarade nous rend tous muets. Je ne sens plus la soif, la faim, la fatigue. Je n'ai pas dormi depuis trois nuits, mais je suis parfaitement réveillé.

Les SS annoncent que les juifs fatigués ou malades peuvent aller au camp en camion. Les autres doivent marcher. Ces camions ne me disent rien de bon. Ils nous ont laissé mourir de soif dans le wagon, ils ont tiré au hasard avec leurs mitraillettes, ils viennent de tuer quelqu'un à coups de crosse sans raison. Cette soudaine sollicitude pour les juifs fatigués me paraît louche. Puisqu'ils tuent les juifs si facilement, ils ne vont pas les emmener en camion dans une maison de repos.

Nous marchons en rangs par cinq jusqu'au camp.

Les SS tuent un camarade à coups de crosse parce qu'il traîne les pieds et trébuche, un autre parce qu'il vomit. Brod, qui marche à côté de moi, chuchote :

– Ils vont tous nous tuer.

– Peut-être qu'ils veulent seulement nous terroriser.

– Si c'est ça, ils ont bien réussi.

Ils tuent quelqu'un, devant nous, parce qu'il parle dans les rangs. Après avoir découvert la soif dans le train, je découvre la peur. Je ne dis pas que je n'ai jamais eu peur, mais c'est une sensation que je savais contrôler : je n'avais qu'à me battre. La peur qui me submerge alors que nous approchons de l'entrée du camp est différente, nouvelle, terrible. Pour la première fois de ma vie, je sens que je suis incapable de me révolter. Je suis prêt à accepter mon sort.

Le portail est surmonté par une grande inscription de fer forgé : « *Arbeit macht frei* (Le travail libère) ». Nous nous arrêterons avant d'entrer. Un SS montre l'inscription : « Si l'un d'entre vous est trop fatigué pour travailler, qu'il sorte des rangs. » Nous avons tous compris que notre vie ne vaut pas cher dans ce lieu mystérieux que nous appelions Pitchipoï et qui porte maintenant le nom d'Auschwitz. Nous savons que celui qui sortira des rangs sera abattu à coups de crosse. Le SS sourit : « Tous volontaires pour travailler, je vois... »

Les SS restent à l'extérieur du portail. Nous entrons dans le camp, où nous découvrons quelques maisons de brique et des rangées de baraquements semblables à ceux de Pithiviers. Nous sommes accueillis par des hommes armés de gourdins, qui nous conduisent dans le premier baraquement et nous ordonnent de nous déshabiller. Un détenu nous rase une large bande au milieu du crâne avec une tondeuse de coiffeur, deux autres nous rasent tous les poils du corps. Leurs tondeuses sont mal aiguisées, ils vont très vite, de sorte qu'ils nous arrachent de grands lambeaux de peau sous les aisselles et entre les jambes. On nous tatoue ensuite un numéro sur l'avant-bras gauche. Je cesse d'être Moshé ou Maurice Wisniak pour devenir 48 950 : *Achtundvierzigtausend neunhundertfünfzig.*

Le tatoueur est le premier détenu qui m'adresse la parole (en yiddish).

– Est-ce que tu as de l'or ou des diamants ?

– Mais non.

– Dommage... Cela aurait pu te prolonger la vie. Il te reste à peu près trois semaines à vivre. Si tu es encore vivant au bout de trois semaines, tu pourras peut-être durer un peu plus. Surtout si tu trouves un travail tranquille, comme moi. D'où viens-tu ?

– De France.

– Tu es français ?

– Non, polonais.

– Ils ont pris beaucoup de juifs, en France ?

– Plusieurs milliers. Dis-moi, où sommes-nous, ici ?

– Tu n'as pas encore compris où nous sommes ? En enfer !

– Je veux dire, où se trouve Auschwitz ? En Allemagne ?

– Cette partie du camp s'appelle Birkenau. Nous sommes quelque part au sud de Cracovie. En fait, Auschwitz et Birkenau sont les noms allemands d'Ozwiecim et Brzezinka*, une petite ville et un village bien de chez nous.

– En Pologne ? Et moi qui pensais ne jamais revoir mon pays natal...

– Tu es né en Pologne, tu mourras en Pologne.

La tonsure au milieu du crâne nous rend identifiables, au cas (très peu probable) où nous réussirions à nous évader. Pour plus de sécurité, on peint

* Prononcez Ozvietsim et Bjezinka.

deux grandes lettres à la peinture blanche sur le dos de notre veste : KZ, abréviation de *Konzentrationlager*. On nous donne une sorte de béret gris, mais à part cela, nous conservons nos vêtements. En raison de la chaleur qui régnait dans le wagon, j'avais ôté mon manteau d'hiver ; je ne le reverrai sans doute pas plus que mon sac à dos. Je porte un veston coupé par mon frère Albert. J'espère que Rachel et Élie se sont réfugiés à Montauban auprès de lui... Je pense à mon autre frère, Jacques, parti trois semaines avant moi. S'il est vrai que peu de détenus survivent au-delà de trois semaines, alors je dois me résigner à l'idée que mon frère aîné est déjà mort.

Les hommes armés de gourdins nous mettent en rangs par cinq. Ils hurlent exactement comme des SS. Nous traversons une partie du camp. Soudain, j'aperçois... je découvre... des cadavres qui marchent ! Deux cadavres qui en portent un troisième. Moi qui me prenais pour un dur à cuire... Je n'ai pas tremblé quand les SS ont assassiné des camarades à la descente du train. J'ai souvent assisté à la mort d'un homme dans ma cour de Praga, à l'issue d'un combat au couteau ou au pistolet. Mais des cadavres debout ? Ils avancent lentement, comme s'ils escaladaient une montagne, comme s'ils voulaient à tout prix économiser leurs forces. D'un seul coup, en plein mois de juillet, je me mets à trembler de froid. J'essaie de ne pas regarder leurs visages décharnés, leurs yeux immenses, le rictus qui découvre leurs dents. Nos accompagnateurs ricanent : « Dans un mois, vous serez comme eux, sacs de merde… Si vous avez la chance de tenir un mois ! »

Ils nous conduisent dans le huitième baraquement. On ne dit pas baraquement, mais *Block*. Les hommes armés d'un gourdin sont des *Kapos**. Parmi les détenus, il y a de nombreux juifs polonais, qui comprennent l'allemand, mais aussi des juifs français ou hollandais, des Russes et des Polonais non juifs, qui ignorent la langue de Goethe et de Hitler. S'ils veulent rester en vie, ils doivent l'apprendre le plus vite possible. En tout cas, ils connaissent tous les mots kapo et block, et aussi *Lager* (le camp), *Häftling* (un détenu), *Mütze* (le béret), etc. Et bien sûr, *Drecksack* (sac de merde), *Dreckfresser* (bouffeur de merde), *Scheissjude* (juif merdeux), *Schweinehund* (chien de porc), et *Hirenzine* (fils de pute, une injure yiddish que même les Allemands ont adoptée).

* Abréviation de *Kameraden Polizei*, police des camarades.

À Pithiviers, nous nous entassions à cent dans un baraquement prévu pour cinquante. À Auschwitz, tout notre convoi entre dans le block huit. Près de mille hommes ! Le responsable du block ou *Blockältester**, un Polonais non juif nommé Marek, commence à nous compter avec l'aide d'une dizaine d'assistants. Pendant ce temps, son adjoint le *Stubendienst***, un juif polonais, nous tient un discours en yiddish.

– Je m'appelle Laybich. Écoutez-moi, fils de pute : je préfère vous tuer tous que de me casser l'ongle du petit doigt. Vous voulez faire les malins, hein ? Alors que moi je n'ai jamais quitté la Pologne, vous avez vécu comme des princes en France. Vous avez bu du champagne, vous avez acheté des petites femmes de Paris… Eh bien c'est fini, tout ça. Le plus fort d'entre vous vivra trois semaines. Dans un mois, vous serez tous morts et d'autres fils de pute viendront vous remplacer. Nous allons tous mourir, mais moi, je mourrai le plus tard possible.

Il continue son discours, de façon plus ou moins cohérente, en l'émaillant des injures les plus gros-

* Littéralement : doyen de block. En bon allemand, on dirait plutôt *Blockälteste*.
** Chargé du service de chambrée.

sières. Un juif français bien habillé et un peu raide, peut-être un officier de l'armée, essaie de poser une question dans un yiddish hésitant.

– Je n'ai pas le temps de te répondre, lui dit Laybich. Je m'occuperai de toi quand j'aurai fini de parler.

À la fin de son discours, il ajoute :

– Vous avez des yeux pour voir et des oreilles pour entendre, mais votre sale gueule, vous devez la fermer. Toi, tu m'as interrompu. Tu te crois peut-être dans une conférence. Tu vas voir…

En attendant que le Blockältester ait fini de nous compter, le Stubendienst passe parmi nous et demande si quelqu'un a déjà tué, cambriolé, participé à une attaque à main armée, séjourné en prison.

– Allons, fils de pute, ne soyez pas timides. Venez me raconter ça dans le creux de l'oreille !

Plusieurs hommes s'approchent de lui. Nous comprenons qu'il recrute des assistants pour lui-même et pour son patron. Justement, le Blockältester et ses hommes ont fini de nous compter. Le Blockältester ne parle pas yiddish, mais allemand.

– Vous trop nombreux. Nous plus vous, mille cinq. Pas assez de place dans le block. Seulement mille places. Toi, toi, toi et aussi toi, trop vieux. Vous risquez beaucoup souffrir ici. Je vais vous épargner souffrances. Et toi, trop bavard.

Il désigne quatre détenus, ainsi que l'officier français. Ses assistants abattent aussitôt les cinq hommes à coups de gourdin, puis alignent leurs cadavres devant le block.

Les assistants distribuent des centaines de pots de chambre rouillés, remplis d'un liquide brun qu'ils baptisent « café ». Où ont-ils trouvé tous ces pots de chambre ? Nous devons partager un pot pour cinq. Brod, trois camarades et moi, nous nous efforçons de maîtriser notre soif et buvons sagement à tour de rôle. Dans d'autres groupes, il y a des conflits. Laybich note les numéros des buveurs les plus impatients.

– J'aime la tranquillité, dit-il. Ceux qui provoquent du désordre seront alignés demain matin devant le block, comme ces cinq-là.

Nous pensons qu'il plaisante, mais personne n'a envie de rire.

Vers la fin de la journée, plusieurs milliers de détenus rentrent de l'extérieur, où ils ont travaillé dans des groupes appelés Kommandos. Nous retrouvons des camarades qui ont quitté Pithiviers une ou deux semaines avant nous. Ils nous donnent des conseils.

– Vous venez d'arriver, mais vous devez comprendre toutes les lois du camp d'ici demain. Celui qui comprend en vingt-quatre heures a deux fois plus de chances de survivre que celui qui met quarante-huit heures.

– Méfiez-vous des *Bindenträgern**. Ils appartiennent à l'encadrement. Leur fonction est écrite sur le brassard : Blockältester, Stubendienst, Kapo. Ce sont d'anciens prisonniers de droit commun allemands ou polonais, des bandits juifs, ou des détenus qui ont choisi de devenir des tueurs pour échapper temporairement à la mort. Évitez d'offenser ces princes si vous tenez à la vie.

– Gardez vos chaussures pour dormir. Si tu enlèves tes chaussures, tu es mort. Soit quelqu'un les vole, soit tes pieds gonflent et tu ne peux plus les remettre. Tu es obligé de chausser les sabots de bois du camp. Au bout de deux ou trois jours, tes pieds sont tellement meurtris par les sabots que tu ne peux plus marcher. Tu traînes derrière les autres en allant au travail, alors le kapo te tue.

Un gars que je connaissais avant la guerre me dit une phrase que je ne comprends pas :

– Tu as de la veine. Tu aurais pu être gazé.

* Porteurs de brassard.

11
J'ai l'impression qu'il pèse plus lourd qu'un homme vivant

Je passe ma première nuit dans le camp. Deux étages de planches courent le long du mur, semblables à des rayonnages de bibliothèque de deux mètres de profondeur. Nous dormons les pieds du côté du mur et la tête vers le couloir central, couchés sur le côté, emboîtés les uns dans les autres comme des fourchettes dans un tiroir à vaisselle. Je suis content de me coucher pour la première fois depuis notre départ de Pithiviers. J'ai l'impression que je dormirais encore bien mieux si je pouvais enlever mes énormes chaussures, mais ça, c'est impossible : « Si tu enlèves tes chaussures, tu es mort. » De temps en temps, tous les corps emboîtés se retournent ensemble d'un seul coup, pour changer de côté, sans même se réveiller.

À peine ai-je fermé l'œil que j'entends des coups de matraque, des cris, et les hurlements du Stubendienst.

– *Aufstehen* ! Aufstehen !* Debout, fils de pute ! Sortez ! Allez, plus vite !

C'est déjà le matin... Je saute en bas de mon lit et je cours dehors. Je reçois un seul petit coup de matraque au passage. Un juif français, qui a dormi sur la même planche que moi, a reçu une pluie de coups pendant qu'il remettait ses chaussures. Son visage ensanglanté me fait pitié. Il a des mains très fines, une tête d'intellectuel. Je pense à mon frère aîné...

Alors que cinq cadavres étaient alignés devant le block hier soir, nous en découvrons maintenant trente, rangés en six tas identiques, tous nus, le bras tatoué bien visible. Laybich le Stubendienst prononce une oraison funèbre.

– Je leur ai donné du café, mais ils n'étaient pas contents. Que cela vous serve de leçon, mes enfants.

Le juif français chuchote à côté de moi.

– Qu'est-ce qu'il dit ? Je ne comprends pas le yiddish. Tu peux me traduire ?

– Tais-toi, sinon nous allons finir comme eux.

* Levez-vous.

Il est à peu près quatre heures du matin. Nous restons debout, en rangs par cinq, jusqu'à huit heures. Marek et Laybich nous appellent par nos numéros, nous comptent et nous recomptent. Marek ordonne : « *Mützen ab ! Mützen auf !* » (Enlevez le béret ! Remettez le béret !) Ce Marek a sans doute toujours rêvé de devenir chef d'orchestre : il veut que les mille bérets claquent sur nos mille cuisses en même temps. *Mützen ab ! Mützen auf !* Dix fois, cent fois. Pendant une heure, pendant deux heures. Nous accomplissons des progrès d'autant plus rapides dans l'exécution de cet exercice que Marek fait tuer cinq camarades qui ne suivent pas bien le rythme.

À huit heures, un SS inspecte nos rangs et compte les morts. Après son passage, nous buvons le « café » du matin, puis nous partons chercher un kommando. Une sorte de bourse du travail se tient au milieu du camp. Les anciens nous ont prévenus : les premiers jours, nous aurons du mal à trouver un kommando extérieur, parce que les kapos préfèrent emmener des détenus qu'ils connaissent déjà. Comme la mortalité est grande, nous finirons certainement par trouver une place. En attendant, nous devons travailler à l'intérieur du camp. C'est ainsi que je suis engagé dans le kommando des croque-morts, chargé d'emporter les cadavres alignés devant les blocks. Contrairement aux squelettes ambulants qui m'ont tellement effrayé hier, je suis un nouveau venu encore gras et vigoureux, donc le kapo considère que je peux transporter un corps tout seul. Je tiens ses jambes par-dessus mes épaules, comme des bretelles. Il pend dans mon dos. Sa tête bat mes mollets à chaque pas, ses mains traînent par terre. J'ai l'impression qu'il pèse plus lourd qu'un homme vivant.

Nous portons les cadavres jusqu'à la *Totenkammer*, la chambre des morts, où un kommando de dentistes supervisé par un SS arrache les dents en or. Si l'un d'entre nous ne présente pas la tête du cadavre au dentiste bien comme il faut, le SS le fait abattre aussitôt. Cela fait un cadavre de plus, que l'on n'a même pas besoin de transporter. Ce SS se met en colère constamment, parce que des morts arrivent à la Totenkammer sans leurs dents en or. Certains détenus vendent leurs propres dents pour un bout de pain. D'autre part, le Blockältester et les kapos regardent volontiers à l'intérieur de votre bouche, pour voir si rien ne brille là-dedans. Les uns arrachent vos dents en or sans vous tuer, les autres vous tuent d'abord. Heureusement, j'étais bien trop pauvre pour posséder des dents en or !

Je deviendrai fou si je dois continuer à porter les morts. Je suis prêt à essayer n'importe quel kommando extérieur, même ceux dont le kapo est réputé (au dire des anciens) pour sa férocité.

Dès le troisième jour, j'essaie un kommando de terrassement. Nous enlevons des petits monticules pour aplanir un terrain où l'on construira je ne sais quoi. C'est vraiment dangereux : le kapo et ses assistants, les *Vorarbeiter**, tuent quinze détenus sur deux cents. Nous devons rapporter les cadavres au camp, si bien que je me retrouve avec deux jambes sur les épaules et une tête dans les mollets, comme la veille.

Je travaille ensuite dans un marécage, que nous devons combler avec des pierres et des gravats. Un incident très rare se produit : au moment où un kapo tente de lui donner un coup de matraque, un détenu récemment arrivé réussit à lui arracher sa matraque des mains et à le frapper. Le scandale est d'autant plus grand que le kapo est un prisonnier de droit commun allemand… Personne n'a le droit de toucher un cheveu d'un Allemand ! Tous les kapos et Vorarbeiter viennent aider leur collègue, mais le détenu se défend comme un beau diable. C'est un véritable

* Contremaîtres.

athlète, immense et encore vigoureux, qui a l'habitude de se battre et de gagner. Les SS qui nous surveillent observent l'affaire en riant. Les kapos les appellent.

– Tirez-lui dessus !

– Débrouillez-vous, espèces de lâches ! Sacs de merde !

Le grand détenu défie les kapos.

– Vous ne me tuerez pas avec des gourdins. Il faudra m'abattre à coups de fusil !

Les kapos et les Vorarbeiter se mettent à douze pour l'attaquer. Il se défend courageusement, mais finit par céder sous le nombre. Ensuite, ces salauds, furieux, s'en prennent à nous. Aucun des six cents membres du kommando n'échappe aux coups de matraque. Les bourreaux tuent cinquante détenus, blessent tous les autres plus ou moins gravement.

Je demande aux anciens de me conseiller un kommando moins risqué. « C'est partout pareil », disent-ils. Je vais dans un autre kommando de terrassement. Les morts et les blessés graves étant plus nombreux que les survivants, nous ne pouvons pas les ramener à dos d'homme au camp : un camion vient les chercher.

Au bout d'une semaine, il ne reste plus qu'un

camarade sur deux de mon convoi. Nous sommes tous très affaiblis. Le matin, nous buvons le liquide noir appelé café. En revenant de l'extérieur, nous buvons un autre liquide appelé « soupe ». Des bouts de rutabaga se cachent au fond de la grande marmite de soupe, mais le Blockältester les garde pour ses assistants et ses favoris. Brod et moi, nous avons la chance de pouvoir vivre sur nos réserves de graisse. De nombreux détenus perdent du poids très vite. Dans l'argot du camp, on appelle « musulmans » les cadavres ambulants qui n'ont plus que la peau sur les os. Incapables de monter sur les planches qui servent de lit, ils dorment par terre, dans la fange. Ils souffrent de diarrhée, mais n'ont pas la force d'aller jusqu'à la baraque des W.-C.

Le juif français aux mains fines qui dormait sur ma planche la première nuit a disparu depuis longtemps. Il m'a raconté qu'il travaillait dans une maison de haute couture à Paris. Il enlevait ses belles chaussures italiennes pour dormir, si bien qu'elles ont disparu dès la deuxième nuit. Un kapo l'a sans doute tué à l'extérieur et son kommando l'a ramené directement à la Totenkammer.

Mes grosses chaussures d'hiver fascinent tous les kapos et Vorarbeiter. Ils me forcent à les enlever pour les échanger contre les leurs. Heureusement, je ressemble à Cendrillon : elles sont toujours trop petites pour eux ! Voulant échapper à leur convoitise, je décore mes chaussures avec du fil de fer, de manière à faire croire que la semelle est toute rafistolée.

Je tiens le coup. Je reste debout des heures quand Marek nous compte et nous recompte. Tous les soirs, le Stubendienst Laybich nous demande de nous accroupir comme des grenouilles, les cuisses écartées. Il note le numéro de ceux qui n'arrivent pas à conserver le dos bien droit. Je garde la position pendant trois heures, pendant quatre heures.

Laybich et ses anges de la mort passent parmi nous dans la nuit. Ils extraient de leur planche ceux dont la vie doit s'achever et les étranglent sans bruit. Chaque matin, nous découvrons vingt corps, ou vingt-cinq, alignés devant le block. Le SS qui inspecte les blocks avant la distribution du café compte les cadavres par cinq, parce que c'est plus commode. Une esquisse de sourire apparaît sur son visage quand les cadavres sont nombreux. Le camp d'Auschwitz est une usine à produire des cadavres.

Je suis sûr que les SS des miradors comptent aussi les cadavres pour passer le temps. Je me demande à quoi les corps ressemblent de là-haut. À des allumettes ? Non, ils ne sont pas si loin. À des fagots de bois, peut-être. Pour désigner les cadavres, les Allemands utilisent le mot *Stücke*, qui veut dire « morceaux » ou « pièces » (comme dans l'expression « pièces détachées »). Les SS des miradors comptent les pièces devant les blocks : cinq pièces, dix, quinze, vingt, vingt-cinq pièces...

Il arrive qu'un camarade meure d'épuisement à trois heures du matin, après le passage de Laybich et de ses anges. Quand Marek nous compte, il en manque un. On cherche dans le block, on trouve son corps sans vie dans un coin, par terre. Marek est furieux.

– J'en avais vingt-cinq et maintenant regardez ce que vous avez fait, fils de pute !

Le SS veut un multiple de cinq, donc Marek fait tuer quatre camarades de plus pour avoir ses trente pièces.

12
Je n'ai pas le droit de frapper un Allemand

Je travaille de nouveau dans un kommando de terrassement, avec mon copain Brod. Nous aplanissons le terrain pour la construction d'une usine. Trois jeunes SS passent et repassent en voiture, comme s'ils cherchaient quelque chose. Ils finissent par s'arrêter près de moi.

– Toi, le juif, tu es très costaud.

– Tu sais certainement te battre.

– Nous allons te trouver un adversaire.

Ils ont envie de se distraire. Ils sont âgés de vingt ans. Ils ressemblent à des enfants qui se réjouissent de pouvoir prendre des êtres vivants pour jouets. Ils choisissent un détenu beaucoup plus grand que moi, mais déjà réduit à l'état de « musulman ». Le contraste entre un petit costaud et un grand maigre les amuse.

Les kapos et leurs assistants sont souvent des gens

qui ont connu la prison avant le camp – des bandits, des bagarreurs. Les plus forts d'entre eux éprouvent une sorte de fierté sadique à tuer un pauvre musulman d'un seul coup de poing. Les SS voudraient voir si je suis capable de le faire. C'est une sorte d'examen de passage. Les autres détenus continuent leur travail, en regardant du coin de l'œil.

Je donne des coups vigoureux, mais je les retiens à la dernière fraction de seconde, à un millimètre de la peau, de manière à frapper le musulman tout doucement. Ses yeux exorbités me regardent sans me voir, indifférents. Il n'essaie pas de se défendre. Je crois que si ce combat continue, je vais pleurer. Les SS ne sont pas contents :

– Mais qu'est-ce que c'est que cette comédie ?

– *Schweinkopf** ! Tu te moques de nous !

– Si tu ne sais pas ce que c'est qu'un coup de poing, je vais te le montrer. Viens ici. Regarde-moi… Suis mes yeux !

Le SS regarde vers la droite. Je suis ses yeux. Aussitôt, je reçois un coup de poing à droite. Maintenant, il regarde à gauche. J'attends un coup de poing à gauche, mais il frappe à droite en riant. Ce gars-là

* Tête de cochon. Insulte très courante en Allemagne.

est plus qu'un simple bagarreur : c'est un boxeur. Quand les SS pratiquent un sport, c'est plutôt la boxe que le golf ou le polo. J'ai joué à des variantes de son petit jeu au club, pour tester et améliorer mes réflexes. Si je pouvais répliquer, je crois que le jeu deviendrait plus intéressant. Seulement, je n'ai pas le droit de frapper un Allemand. Crime de lèse-race supérieure, puni de la peine de mort. Il me frappe à droite, à gauche, à la tête, au corps, pendant une bonne demi-heure. Mes abdominaux n'ont pas encore fondu, donc je les contracte autant que je peux. Le sang ruisselle sur mon visage, mais au moins j'évite la mort par éclatement du foie. Il remarque que je tente d'esquiver ses coups et ricane, puis tape encore plus fort, comme si j'étais un punching-ball.

Je commence à me sentir groggy. Je me dis que je mourrai sans m'en apercevoir ; ce n'est pas une idée désagréable. J'entends vaguement que les deux autres SS interviennent.

– Laisse-le donc tranquille.

– C'est un bon boxeur. Nous arriverons peut-être à le convaincre de se battre.

Ils demandent à quatre détenus de m'emporter dans une baraque qui sert de cuisine et de me placer dans une caisse en bois. Je suis lucide mais incapable de réagir, comme dans un rêve. La caisse mesure à peu près un mètre par cinquante centimètres par cinquante centimètres. Elle ressemble à un cercueil d'enfant. Elle contient des couteaux et des fourchettes.

– Refermez le couvercle, ordonnent les SS.

– Roulez la caisse par terre.

– Plus vite. Allez ! Du nerf, sacs de merde !

Ils roulent la caisse sur des dizaines ou peut-être des centaines de mètres. C'est très étrange : je trouve ce supplice plutôt reposant. Je suis tellement à l'étroit dans la caisse que les couteaux et les fourchettes n'ont pas la place de voler et de me faire mal. À quoi, à qui servent ces couverts ? Pendant que nous mangeons avec les doigts dans des pots de chambre, il y a des caisses de couteaux et de fourchettes dans la cuisine ! Nos princes mangent sans doute sur des nappes brodées, dans des assiettes de porcelaine. Il paraît que les juifs hollandais apportent des quantités énormes de nourriture dans leurs bagages : des conserves, du riz, des fruits séchés. Je me demande quels fruits poussent en Hollande. À Paris, j'ai mangé des oranges et des bananes pour la première fois de ma vie, et même des figues et des dattes séchées qui venaient d'Afrique… Les gendarmes avaient accroché deux wagons de provisions à notre train, quand nous sommes partis de Pithiviers, pour nous alimenter pendant le voyage. Je me souviens qu'un de ces juifs intellectuels qui était venu étudier la médecine à Paris voulait protester pendant que nous attendions dans une gare.

– Donnez-nous à manger ! Ouvrez le wagon à provisions !

– Arrête. Tout ce qu'ils vont te donner, c'est une rafale de mitraillette.

Il voulait rédiger une réclamation :

– Nous allons tous la signer. Nous la remettrons au directeur du camp.

Un autre étudiant en médecine a soupiré.

– Les nazis persécutent les juifs depuis 1933. Cela fait presque dix ans. Tu sais comment les juifs se sont défendus ? Ils ont rédigé des centaines de pétitions, dans toute l'Europe et même en Amérique. Regarde où cela nous a menés !

Presque tous ces étudiants sont déjà morts. Arbeit macht frei... Ils sont libres, maintenant.

Un des gars qui me roulent chuchote que je devrais crier un peu, pour faire plaisir aux SS. Je me demande si je vais suivre son conseil... J'aime mieux continuer à flotter dans ma rêverie. D'ailleurs, je n'ai pas la force de crier. Aucun son ne peut sortir de ma bouche… Et puis quelque chose en moi décide que je veux quand même vivre. J'émets une sorte de son rauque qui se transforme peu à peu en un véritable cri. Combien de temps ai-je passé à rouler avec les couteaux et les fourchettes ? Je n'en sais rien. Les gars posent la caisse, enlèvent le couvercle. J'entends des kapos polonais :

– C'est incroyable qu'il soit encore vivant.

– Il va mourir maintenant. C'est dommage : il était courageux.

– De l'eau !

Qui a crié : « De l'eau » ? Je crois que c'est l'homme qui était dans la caisse. À travers une brume rougeâtre, je vois une chose incroyable : un kapo m'apporte un gobelet d'eau ! Quelqu'un colle du papier de toilette sur mon visage en guise de pansement. Mes camarades me soutiennent pour rentrer au camp. J'entends le kapo dire aux gardes : « Nous avons vingt morts et un blessé. »

D'habitude, les blessés sont emmenés au block sept, une infirmerie sans médecins dont personne ne ressort jamais vivant. On m'épargne parce que je suis devenu un héros : le juif qui refuse de tuer un musulman et résiste aux SS.

Brod trouve que j'ai eu tort de risquer ma vie.

– Tu t'en es sorti de justesse, mais tu aurais pu y laisser ta peau. Si tu avais tapé un peu plus fort, tu aurais épargné des souffrances au musulman. Il en est à un ou deux jours de la fin ; cela ne faisait pas une grande différence.

– Cela ne faisait peut-être pas de différence pour lui, mais pour moi, si. J'ai un fils, tu comprends. Qu'est-ce que je lui dirai, quand je le reverrai ? Je ne veux pas que son père soit un assassin.

Dans les jours qui suivent, les kapos les plus féroces me traitent avec respect. Ils me donnent des tâches faciles. Je les accomplis comme un automate. Le SS m'a tellement frappé à la tête que je n'arrive pas à retrouver mes esprits. Mes camarades disent : « Il est fini » et : « Il est bon pour le block sept. »

Je vois avec une certaine envie un musulman se précipiter vers les barbelés électrifiés pour se suicider. Les camarades disent que je suis courageux, mais cet homme-là est plus courageux que moi. Le SS du mirador le tue de deux balles de fusil. Un musulman n'a aucune chance d'atteindre les barbelés, car il faut courir très vite. Pour le cas où le SS raterait son coup, un kommando de Vorarbeiter armés de gourdins patrouille devant la clôture. Ils sont chargés d'intercepter les candidats au suicide et de les tuer lentement. C'est plus simple que d'avoir à réparer l'installation électrique après un court-circuit.

Tous les détenus s'écartent quand le SS du mirador commence à tirer. Ils craignent que le SS se prenne au jeu et tente d'atteindre quelques cibles de plus. Moi, je reste là comme un imbécile, à moitié inconscient. Un kapo m'ordonne d'amener le cadavre à la Totenkammer. Une fois de plus, je porte un corps ensanglanté sur mon dos.

13

Qui est cet inconnu qui me sauve la vie ?

Je vis dans un brouillard permanent ; je ne reconnais même plus mes camarades. Brod me prend par la main comme un enfant et m'emmène dans un bon kommando, ce qui signifie que le kapo ne tue personne. Nous tirons une énorme charrette pleine de caisses et de tonneaux d'un camp à l'autre. C'est que le Lager comprend deux camps : Auschwitz I et celui où se trouve mon block, Auschwitz II, que l'on appelle aussi Birkenau. Trois kilomètres dans un sens, trois kilomètres dans l'autre, et ainsi de suite toute la journée. Je cours en avant et en arrière pour tirer et pousser la charrette avec les camarades, je les aide à soulever les roues embourbées, je charge et je décharge des tonneaux de cinquante kilogrammes. Oui, mais je ne me souviens de rien. C'est Brod qui m'a raconté tout cela plus tard :

– Tu travaillais deux fois plus que tout le monde !

Presque tous les détenus souffrent de diarrhée. Nous avons beaucoup de mal à rester propres. Tenir debout des heures pendant que Marek nous compte demande un effort terrible. Je suis peut-être encore assez fort pour soulever des tonneaux, mais ma volonté s'affaiblit tellement que je laisse le contenu de mon intestin couler le long de mes jambes. Si seulement nous pouvions nous laver… Laybich le Stubendienst déteste les gens qui sentent mauvais. Après l'appel du matin, il s'approche de moi en se bouchant le nez.

– Toi, tu as assez vécu. Je vais t'inscrire.

Il note mon numéro sur son carnet. Voilà, c'est fini. J'ai réussi à passer le cap fatidique des trois semaines, mais je vais mourir quand même. Je me prépare à vivre mon dernier jour, à voir le soleil pour la dernière fois. Cette nuit, Laybich me tuera et allongera mon corps devant le block. Je n'ai pas connu mon père et maintenant, mon petit Élie ne connaîtra pas non plus le sien. Je ne me révolte pas. Tout m'est égal. Je pars au travail avec mon kommando, comme chaque matin. Mon kommando ? Lequel ? Où suis-je ? Tout désorienté, je m'arrête avant de sortir du camp, à une dizaine de mètres de la porte. Je peux courir vers les barbelés et recevoir une balle dans la tête. Sauf si le SS rate son coup. Ils me prendront vivant et me tortureront...

Soudain, une voix hurle en allemand derrière moi.

– Espèce de Schweinkopf! Français puant! Qu'est-ce que tu fais là ?

Puis la voix ajoute tout bas, en français :

– Ne bouge pas... Quelqu'un va venir te chercher.

Je ne comprends pas tout de suite ce qui se passe. Quand je me retourne, il n'y a plus personne derrière moi. Je vois la silhouette d'un kapo qui s'éloigne.

Qui est cet inconnu qui me sauve la vie ? À Paris, je connaissais plusieurs communistes allemands réfugiés. Est-ce l'un d'eux ? Le camp n'est pas régi par la logique, mais par la folie ; peut-être mon sauveur m'a-t-il pris pour un autre. En tout cas, c'est un personnage important, un kapo en chef ou même le Lagerältester, patron de tous les doyens de block. Deux kapos polonais me font signe de les suivre. Ils grommellent, sans savoir que je comprends leur langue.

– Pourquoi veut-il sauver ce juif? Cela n'a pas de sens.

– C'est incroyable ce qu'il pue !

Plus d'un mois après mon arrivée à Auschwitz, je prends ma première douche. On jette mon veston, souvenir de mon frère Albert, ainsi que tous mes autres vêtements – je devrais plutôt dire haillons. Je reçois de nouveaux habits. Mon mystérieux protecteur m'a placé dans le kommando de la *Kleiderkammer**, réservé à quelques dizaines de privilégiés : nous trions les vêtements abandonnés par les détenus dans le train. Pas étonnant que l'on m'ait donné des habits de rechange ! Nous décousons les étoiles jaunes, examinons les doublures au cas où des diamants y seraient cachés, puis empilons les pantalons, les vestes, les chemises, par paquets de dix. Le grand Reich allemand les distribue à ses citoyens les plus pauvres au titre du *Winterhilfswerk***.

Ce qui est extraordinaire, c'est que nous buvons autant de « café » que nous voulons et mangeons de la nourriture solide. Mes camarades me conseillent d'échanger ma nourriture contre du charbon de bois, que j'avale pour soigner ma diarrhée.

Chaque soir, nous nous déshabillons avant de

* Chambre des vêtements.

** Aide pour l'hiver.

partir. Les kapos vérifient que nous n'emportons pas de bijoux, ni de pierres précieuses. Un kommando précédent a été presque entièrement éliminé parce que les gars n'avaient pas résisté à la tentation.

Brod se moque de ma nouvelle veste.

– Dis donc, tu n'as pas gagné au change. Il faudrait raccourcir les manches, ou allonger tes bras.

– L'autre, c'était mon frère qui l'avait coupée.

– Je le sais bien. Tu le répétais assez souvent ! Eh, tu connais l'histoire du juif qui va chez le tailleur ?

– Non, mais tu vas me la raconter.

– Il apporte une pièce de tissu et demande au tailleur s'il y en a assez pour un costume. Le tailleur mesure la pièce, évalue d'un coup d'œil la taille du juif… « Il faudrait plus de tissu », dit-il. Le juif ne se décourage pas et va voir un autre tailleur. « Est-ce que j'ai assez de tissu pour un costume ? » Le tailleur mesure la pièce, examine le client. « C'est bon. Je vais prendre vos mesures. Le costume sera prêt lundi. » Quand le juif vient chercher son costume, il est tout étonné de voir le fils du tailleur, un garçonnet de cinq ou six ans, vêtu d'un costume coupé dans le même tissu. «Vous avez réussi à couper un costume pour moi, et en plus un pour votre fils. Comment se fait-il que votre collègue, de l'autre côté de la rue, m'ait dit que je n'avais pas assez de tissu ? » « Ah, le tailleur en face ? C'est que lui, il a deux fils ! »

Le fils du tailleur… Au début, nous décousons et plions des chemises et des vestes d'homme. Ensuite, nous voyons arriver des chemisiers en soie, des jupes, des robes, des foulards, dont plusieurs portent des étiquettes de Paris. Ils déportent aussi nos femmes… Et puis un jour, nous retirons d'une valise des habits d'enfant. Des culottes courtes, un gilet tricoté avec amour, des petites chaussettes, un bonnet de laine pour l'hiver. Nos visages s'assombrissent. Chacun pense à ses enfants, à ses petits frères et petites sœurs, à l'avenir du peuple juif.

Ils ont déjà déporté beaucoup de femmes et d'enfants de Slovaquie ou de je ne sais où. Les parents qui emmènent des petits enfants emportent des pots de chambre. Voilà d'où viennent les pots dans lesquels nous buvons le café.

Laybich, ayant appris qu'un personnage haut placé me protège, raie mon numéro de sa liste. Il me traite comme un de ses amis.

– Tiens, Wisniak, maintenant que tu portes des habits tout neufs, tu ne vas pas dormir sur une planche avec six gars pouilleux. Viens ici.

J'ai du mal à en croire mes oreilles : il m'appelle

Wisniak et non Hirenzine ! Il me donne une paillasse, que je partage avec un seul camarade. Je dors comme un loir. En quelques jours, je deviens un autre homme. La diarrhée s'arrête, je mange et reprends des forces.

Je sors de mon hébétude. Jusqu'ici, l'horreur de ma situation, la faim et surtout la soif m'occupaient l'esprit jour et nuit. Mes pensées ne s'aventuraient pas au-delà des barbelés. Depuis que je peux boire autant que je veux, j'ai l'impression de revivre. Peu à peu, j'en viens à m'inquiéter de ce qui se passe à l'extérieur du camp. Des déportés arrivent de Paris par convois entiers et nous apportent des nouvelles. Je pose à l'un d'eux une question dont je devine et redoute la réponse :

– Ils déportent les femmes et les enfants de France, maintenant ?

– Tu es parti quand, toi ?

– De Pithiviers ? Le 17 juillet.

– Tu n'as pas entendu parler de la rafle du Vel' d'Hiv'* ?

– Ah non.

– Cela s'est passé la veille de ton départ. Ils ont arrêté tout le monde.

* Vélodrome d'hiver, dans le XVe arrondissement de Paris.

– Mais pourquoi les femmes et les enfants ? Ils prétendaient que c'était pour mettre les juifs au travail.

– Ils étaient obligés, parce qu'ils n'arrivaient pas à remplir leurs trains. Au début, ils prenaient seulement des juifs polonais, des hommes âgés de seize à quarante ans.

– Oui, quand j'ai été arrêté, c'était comme ça.

– Plus tard, ils ont arrêté aussi des gars plus jeunes et plus vieux, et des juifs français.

– Oui, ça aussi je le sais. Il y avait des Français dans mon convoi.

– Cela ne suffisait pas, donc le 16 juillet ils ont essayé d'attraper le plus de monde possible. Les hommes, ils les ont déportés tout de suite, et aussi les femmes célibataires. Les mères et les enfants, ils les ont installés au Vel' d'Hiv', puis au camp de Pithiviers. Figure-toi que ces salauds de Français avaient devancé les souhaits des Allemands, qui n'avaient pas demandé l'arrestation des enfants.

– Les Boches ne devaient pas être trop malheureux, quand même.

– Bien sûr, mais ils devaient obtenir l'autorisation de Berlin pour déporter les gosses. Ça fait de la paperasse, ça prend du temps. D'un autre côté, ils ne pouvaient pas laisser les trains partir à moitié vides. Ils ont déporté les mères toutes seules.

– Sans les enfants ?

– Ils les ont gardés à Pithiviers, avec quelques mères. Quand Berlin a donné son accord, ils les ont déportés. Il y en avait encore dans mon convoi. Ces pauvres petits... C'était pathétique.

– Tu as été arrêté plus tard ?

– J'ai réussi à passer la ligne de démarcation, mais ils m'ont pris quand même.

– Ils arrêtent les juifs en zone libre ?

– Ils les arrêtent partout, sauf en Amérique... Dis-moi, j'ai besoin de savoir quelque chose. Quand nous sommes arrivés à la gare d'Auschwitz, les hommes valides ont marché jusqu'au camp. Les enfants, avec les mères et aussi les vieillards, sont montés dans des camions. On m'a dit que les Allemands les tuent avec des gaz. Tu as entendu parler de cela ?

– En tout cas, ils disparaissent. Il y a des femmes seules dans un coin du camp, mais personne n'a jamais vu aucune mère avec un enfant ni aucun vieillard.

D'après mon informateur, la grande rafle du Vel' d'Hiv' ne concernait que les juifs étrangers. Je peux espérer que Rachel et mon petit Élie, qui sont français, y ont échappé. Je suis très inquiet quand je pense à Carole et Rose, la femme et la fille de mon frère Jacques. Maintenant que j'ai repris des forces et retrouvé toutes mes facultés mentales, je tente de comprendre comment fonctionne le camp. Je parle aux uns et aux autres, je m'informe à droite et à gauche. Au cours de mon enquête, je rencontre un camarade qui connaissait mon frère. Il m'annonce ce que je craignais :

– Ton frère est mort. Douze jours seulement après son arrivée au camp, il était déjà musulman. Il m'a demandé quel jour nous étions. Je le lui ai dit. C'était justement l'anniversaire de sa fillette. Il est monté sur le toit d'un bâtiment en construction et il s'est jeté dans le vide, la tête la première.

S'il avait survécu, je me serais débrouillé pour lui trouver un poste au kommando des habits, qui convient bien à un intellectuel comme lui. À quoi cela aurait-il servi ? Il serait mort de chagrin en apprenant la déportation des femmes et des enfants. Un de mes camarades a découvert dans un paquet d'habits les robes de sa femme et un petit costume qu'il avait confectionné lui-même pour son fils. Il a couru vers les barbelés pour se faire abattre par le SS du mirador.

Hélas, je ne reste pas longtemps au kommando des habits. C'était trop beau. Un matin d'automne… ou est-ce déjà l'hiver ? À Auschwitz, nous n'avons ni montres, ni horloges, ni calendriers. La chaleur de l'été n'est plus qu'un vague souvenir. Il pleut, il neige même parfois, il gèle la nuit. Les détenus qui n'ont pas de bonnes chaussures attrapent des engelures qui les condamnent à mort. L'appel de l'aube, qui dure des heures par moins cinq degrés, devient un terrible supplice. Un matin, donc, nous traversons le camp sous une pluie glacée. Si nous ne ressemblions pas à des robots fatigués, incapables de relever la tête et d'exprimer le moindre sentiment, nous pousserions un soupir de soulagement en franchissant la porte de la Kleidenkammer. La salle n'est pas chauffée, mais son toit nous protégera tout de même de la pluie. Seulement, quelque chose ne va pas. Notre groupe n'avance pas comme d'habitude. Je sors de mon apathie, je regarde plus loin que le camarade qui me précède… Qu'est-ce que cela veut dire ? Des gars sont déjà assis à notre place ! D'où viennent-ils, ceux-là ? Ils ont le crâne entièrement rasé et portent des vêtements qui ressemblent à des uniformes russes. Je vois que notre kapo discute avec leur kapo. Il se tourne vers nous.

– Elles vont vous remplacer, sacs de merde.

J'observe ces personnes au crâne rasé. Des femmes ? Oui, peut-être bien. Elles sont affreusement maigres, comme nous. Celles qui ont de la diarrhée sentent mauvais. Aucune expression ne se lit sur leur visage gris. C'est la première fois depuis plus d'un an que je vois des femmes. Les Allemands, avec leurs préjugés, pensent qu'elles sauront découdre les étoiles et plier les chemises mieux que nous.

La merveilleuse organisation germanique connaît parfois des ratés. La preuve, c'est qu'on a oublié de nous dire que les femmes nous remplaceraient. Puisque nous sommes là, on nous demande de porter les tonneaux de café et les marmites de soupe. Nous savons que nous ne pouvons pas parler aux femmes, sous peine de mort. De leur côté, elles ne nous regardent pas et n'ouvrent pas la bouche. Pourtant, nous entendons un chuchotement presque imperceptible :

– Nous venons de Bratislava, en Slovaquie…

Le lendemain et les jours suivants, je retourne dans un kommando de terrassement. La belle énergie que j'avais acquise dans la salle aux vêtements s'épuise peu à peu. Laybich me renvoie de ma paillasse. Je retrouve les nuits avec six camarades sur une planche, la faim, la soif, la peur.

Je rêve que je suis dans ma cour de Praga, en train d'observer le marché de ma fenêtre. Le paysan a aligné des poireaux bien soigneusement sur le sol. En regardant plus attentivement, je m'aperçois que les poireaux sont des cadavres, rangés par bottes de cinq.

14

Le petit Rosenberg paraît tout content

On dirait que nos maîtres, les SS et les kapos, veulent se débarrasser de nous pour accueillir de nouveaux convois. Ils profitent du dimanche, jour de « repos » sans kommandos, pour multiplier les séances de sport. J'ai appartenu à un club sportif, j'ai pratiqué divers sports pour mon plaisir. À Auschwitz, le mot « sport » désigne une façon parmi d'autres de tuer les pauvres juifs. On nous force à courir tout nus dans la boue et la neige. On nous arrose d'eau glacée : « Comme cela, vous serez enfin propres, sacs de merde ! » On matraque ceux qui ne courent pas assez vite. Nous ne ressemblons pas à des athlètes dans un stade, mais plutôt à un troupeau de moutons fraîchement tondus, courant pour échapper à la morsure des chiens. D'ailleurs les SS ont bel et bien des bergers allemands, des brutes nazies comme leurs maîtres. Ils grondent, aboient et montrent leurs crocs pour nous rappeler que nous devons filer doux. Quand nous avons bien couru, on nous compte pendant des heures. Après le sport, nous toussons, nos voisins toussent, nous pouvons à peine dormir. Le lundi matin, les cadavres alignés devant le block sont deux fois plus nombreux que d'habitude. En quelques jours, le block se vide de la moitié de ses habitants, devenus musulmans. Les uns sont tués par les kapos des kommandos parce qu'ils sont trop faibles pour travailler, les autres sont envoyés au block sept, d'où personne ne ressort vivant.

De nouveaux arrivants débarquent du train et s'installent dans le block à la place des disparus. Au milieu d'un groupe venant de France, je reconnais le petit Rosenberg, qui a failli me décrocher la mâchoire quand il est arrivé au club tout gamin il y a quatre ans. J'ai arrêté la boxe à ce moment-là, mais j'ai entendu parler de lui. Il faisait des progrès si rapides que Karl, notre entraîneur, espérait le voir devenir un jour champion de Paris ou même champion de France. Il est resté tout petit : il mesure dix centimètres de moins que moi, c'est-à-dire environ un mètre cinquante.

– Salut, Rosenberg. Tu te souviens de moi ?

– Wisniak... Mon premier adversaire ! Je ne t'oublierai jamais ! Dis donc, il paraît qu'ils organisent des combats de boxe, ici. Nous pourrons essayer, pour voir si tu esquives toujours aussi bien mes coups.

– Je crois que je manque de muscles et de souffle. Je ferais un piètre adversaire. Toi, tu viens d'arriver, tu es en pleine forme.

– Surtout que j'ai continué à m'entraîner. J'ai livré plusieurs combats en zone libre. J'étais obligé de boxer sous un faux nom, parce qu'ils avaient interdit la boxe aux juifs. Quelqu'un m'a dénoncé, je ne sais même pas qui.

Je remarque qu'il porte un numéro à six chiffres. Je me retrouve dans la position de l'ancien qui accueille un petit nouveau, comme le jour où il s'est présenté au club. Je lui donne les conseils habituels : « Garde tes chaussures pour dormir », etc.

Au bout de quatre ou cinq mois, je suis déjà un vétéran, un « vieux numéro ». J'appartiens au groupe des « quarante-huit mille », c'est-à-dire à l'aristocratie du camp. Nous ne sommes plus très nombreux... Le camarade qui a vu mourir mon frère est un « quarante-deux mille », arrivé au camp en juin 1942. Du premier convoi français, celui des « vingt-huit mille », arrivé de Compiègne en mars, il ne reste plus qu'une poignée de survivants*.

Parfois, le dimanche, au lieu de nous infliger une séance de « sport » pour réduire notre surpopulation avant l'arrivée de nouveaux convois, on nous laisse tranquilles. Nous en profitons pour essayer d'écraser quelques-uns des poux qui grouillent sur nos habits. Un de ces dimanches paresseux, le SS d'un mirador repère la silhouette trapue et les gros bras du petit Rosenberg :

– Toi, le juif ! Oui, toi, le petit ! Je suis sûr que tu sais te bagarrer. Regarde le grand à côté de toi… Battez-vous, tous les deux.

Il désigne un grand musulman, qui dépasse le petit Rosenberg d'au moins une tête. Un horrible souvenir me revient à la mémoire. Moi aussi, les SS ont voulu me forcer à frapper un grand musulman. J'ai vu plusieurs combats similaires depuis. En général, celui qui sait se battre tape assez fort pour envoyer son adversaire au tapis, mais pas assez pour le tuer, et tout le monde est content.

* C'est en mai 1940 que trente détenus de droit commun allemands sont arrivés des camps de Dachau et Sachsenhausen pour poser les barbelés d'Auschwitz. On les a numérotés de un à trente. Ils ont été suivis, à partir d'août 1940, par des résistants polonais, qui ont construit le camp et élevé les miradors.

Le grand gars se tourne vers le SS du mirador :

– Vous voulez qu'il me tue. Vous vous ennuyez, vous avez envie de vous distraire.

– Mais non, il ne va pas te tuer. Tu es plus grand et plus fort, tu vas gagner.

Le petit Rosenberg paraît tout content de nous montrer qu'il aurait pu devenir champion de France. Il se rue sur le grand musulman et commence à le frapper des deux poings au corps et à la tête. Il est aussi vif que le jour où il est arrivé au club, mais il a fait d'énormes progrès : tous ses coups portent. Alors que les détenus assistent en silence, le cœur serré, à cette véritable mise à mort, les kapos et les Vorarbeiter hurlent et applaudissent : « Allez le petit ! Tape plus fort ! Réduis-le en bouillie ! » Au bout de quelques minutes, le grand musulman s'effondre. Il n'est pas mort, puisque nous entendons un râle bruyant sortir de sa poitrine. Les kapos ordonnent de l'emmener au block sept.

Le petit Rosenberg lève les bras en riant, comme s'il avait mis K.-O. le champion du monde. Les kapos et les Vorarbeiter l'entourent et le félicitent, de l'air de dire : « Bravo ! Tu as passé ton examen brillamment ! Tu es des nôtres ! Bienvenue de ce côté-ci de la barrière ! »

C'est un pauvre gosse de vingt ans. Il ne comprend pas ce qui est en jeu. Il nous fait pitié. Seulement, nous devons nous méfier de lui. Quelques jours plus tard, il devient aide-Stubendienst, assistant de Laybich et tueur patenté.

15

Je dirai au kapo que tu connais l'électricité

Je sens que si je continue à aller dans les kommandos de terrassement comme tout le monde, je deviendrai bientôt trop faible pour échapper à la mort. Depuis que j'ai retrouvé le goût de vivre (avec l'aide d'un mystérieux protecteur), je comprends comment je dois m'y prendre si je veux tenir jusqu'à demain, jusqu'à la semaine prochaine… La santé, la volonté ne suffisent pas. Il faut observer ce qui se passe et se montrer vigilant à chaque instant. Par exemple, nos maîtres nous donnent des coups de bâton du matin au soir. Il faut deviner quand les coups vont se mettre à pleuvoir, puis courir au bon moment pour en recevoir le moins possible. J'ai la chance de m'être endurci en pratiquant la boxe, si bien que j'arrive à supporter plus de coups que les autres. Je m'affaiblis peut-être plus lentement que mes camarades, mais peu à peu ma vigilance diminuera, je ne pourrai plus courir et je finirai au block sept.

J'ai oublié le détail le plus important. La santé, la volonté, la vigilance ne suffisent pas. Il faut de la chance, beaucoup de chance. Un matin, alors que je suis en train de partir avec mon kommando de terrassement, quelqu'un m'appelle :

– Wisniak !

– Prager ! Mais dis-moi, tu es Vorarbeiter !

– Je suis ingénieur électricien, je ne sais pas si tu t'en souviens.

– Je me souviens que nous nagions ensemble dans la Marne. Je croyais que tu étais médecin.

– Je m'occupe de travaux d'électricité.

– Écoute, est-ce que je peux me joindre à ton kommando ?

– Glisse-toi vite dans la file. Je dirai au kapo que tu connais l'électricité.

Quand nous avons quitté la France, nous pensions que les Allemands nous emmenaient dans un camp de travail. L'inscription *«Arbeit macht frei»*, au-dessus de la grille d'entrée, paraissait confirmer cette hypothèse. Nous avons vite compris que tout cela était une grande mascarade. Les Allemands ne veulent pas vraiment que les juifs soient productifs. Sinon, ils ne les tueraient pas dès qu'ils commencent à savoir accomplir une tâche. Dans la plupart des kommandos, nous effectuons des travaux qui ne demandent aucune connaissance : déplacer des pierres, creuser des trous. Les vrais travailleurs, ce sont les kapos et les Vorarbeiter qui produisent des cadavres. Alors que j'ai décidé de suivre les électriciens sans trop réfléchir, en me fiant à mon intuition, je me félicite bientôt de mon choix. Dans ce kommando, le mot « travail » désigne la même activité que dans le monde réel où nous vivions avant de découvrir l'enfer. Prager est un véritable contremaître, qui ne tue personne. Le kapo, un prisonnier politique allemand, tient à conserver ses ouvriers parce qu'il a besoin de leurs compétences. Ce qui m'inquiète, justement, au début, c'est que je ne suis pas un électricien diplômé. J'ai installé l'électricité dans mon appartement, donc je peux prétendre que je m'y connais un peu… Heureusement, les électriciens compétents sont nombreux dans le kommando et ils ont besoin d'assistants vigoureux pour porter d'énormes rouleaux de fils de fer barbelé et tout un outillage très lourd. Nous devons dresser une clôture pour un nouveau camp, qui abrite des familles tziganes.

Puisque nous accomplissons un travail qui rend service aux Allemands, le kapo et Prager considèrent que nous devons éviter les excès de zèle. Nous vissons des isolants de porcelaine, puis nous les dévissons et les revissons. Le SS qui nous observe de son mirador ne s'aperçoit de rien. Tout ce qu'il veut, c'est tuer des juifs. Prager m'a prévenu.

– Quand il voit un nouveau, il lance une cigarette de l'autre côté des barbelés : « C'est pour toi, tu peux la prendre ! » Le camarade passe la main de l'autre côté, se penche, passe la tête. Alors le SS lui tire une balle dans le crâne. Il rit comme s'il venait de lui jouer un bon tour : « Tentative d'évasion ! Tentative d'évasion ! » Tu comprends la blague ?

– Nous érigeons une clôture qui n'est pas encore fermée, mais si nous la traversons, c'est une tentative d'évasion, c'est ça ?

– Oui. Ensuite, il descend de son mirador pour vérifier qu'il a bien atteint le centre de sa cible.

Le SS se lasse de son jeu. Comme il manque d'imagination, il s'offre une distraction plus banale. Ayant lancé des cigarettes du bon côté de la clôture, il hurle : « Ces cigarettes pour ceux qui veulent boxer ! » Au lieu de nous tuer lui-même, il espère que l'un de nous en tuera un autre. Pourquoi ferions-nous une chose si stupide ? Pour quelques cigarettes ? Nous avons eu la chance de trouver un bon kommando. Nous n'avons pas envie de risquer notre peau pour quelques cigarettes.

Eh, mais si ! Deux gars que j'ai vus à Pithiviers (je me souviens vaguement que ce sont des juifs tchèques) se présentent pour se battre à mort. Ils boxent tous les deux très bien, mais l'un d'eux, le plus grand, touche son adversaire à tous les coups ou presque. Le petit pousse des cris, se plie en deux, pose un genou par terre. Le combat dure plus d'une heure. Je l'observe de loin, tout en travaillant. Au moins, pendant ce temps, le SS nous laisse tranquilles. À la fin, je vois que le grand a mis le petit K.-O. Est-il mort, ou seulement blessé et bon pour le block sept ? Il reste étendu sur le sol jusqu'à la fin de notre journée de travail. Deux déportés l'emportent, comme nous ramenons d'habitude au camp les pauvres camarades qui ont reçu une balle dans la tête.

Alors que nous avons parcouru à peu près un kilomètre et que le SS du mirador ne peut plus nous voir, le mort ressuscite soudain ! Il se met debout et éclate de rire. Nous rions aussi, nous applaudissons.

Nous avons tous cru que les deux Tchèques se battaient pour de bon. De vrais artistes, ces gars-là. Notre kapo et Prager ne rétablissent pas l'ordre dans les rangs à coups de bâton, mais notre kapo n'est tout de même pas très content :

– Toi, dit-il au petit Tchèque, si tu reviens demain, le SS te reconnaîtra. Il comprendra que nous nous sommes moqués de lui et il nous tuera tous.

– D'accord, j'irai dans un autre kommando.

Son départ libère une place dans le kommando. J'en parle à mon camarade Brod, qui m'accompagne dès le lendemain.

Une dizaine de jours plus tard, on nous aligne un matin pour une inspection. Un SS nous examine, puis choisit sept hommes. J'ai l'impression qu'il veut des gens en bon état. Il m'inclut dans le groupe, ainsi que Brod. Il ne cherche pas à savoir si nous sommes des experts en électricité.

16
Nous distinguons des lambeaux de cris, comme portés par le souffle du vent

Nous formons un tout petit kommando, sans autre kapo que le SS. Il nous emmène dans une annexe du camp, au-delà de la grille d'entrée. Cette affaire est louche : notre guide ne hurle pas, ne nous reproche pas de marcher trop lentement, ne nous traite pas de sacs de merde. Il nous explique, sur le ton d'une conversation entre amis, que nous pourrons manger, boire et même fumer. Dans huit jours, notre situation s'améliorera encore : nous nous laverons, puis nous recevrons de nouveaux habits. C'est tout juste s'il ne nous propose pas des femmes. De plus en plus louche.

Nous arrivons à l'emplacement de notre nouveau travail vers la fin de la matinée. Nous découvrons deux rectangles de cinquante ou soixante mètres de longueur sur vingt-cinq mètres de largeur, délimités par un sillon tracé dans le sol. Trois poteaux portant un projecteur se dressent au centre et aux extrémités du premier rectangle. Nous devons les déterrer et les replanter de manière à éclairer le second rectangle.

L'un de nous, un véritable électricien, a fixé des sortes de crochets à ses mains et à ses pieds pour monter débrancher les fils et les lampes. Nous avons remarqué que la terre paraît humide par endroits. Nous nous approchons des poteaux. Nos pieds s'enfoncent dans la boue. Nous pataugeons dans un liquide rouge… Du sang !

Le SS reste à l'écart, à plus de trente mètres de nous. Peut-être qu'il ne veut pas salir ses belles bottes noires. Ou bien il a peur. La présence quotidienne de la mort nous a endurcis, mais nous avons très peur, nous aussi. Ce n'est pas une peur ordinaire, mais une terreur physique, qui nous paralyse et nous empêche de parler.

Nous déplaçons les poteaux et installations l'éclairage. C'est un travail facile, achevé en deux ou trois heures. Nous déjeunons dans une cabane, puis nous y passons le reste de la journée sans rien faire et sans rien dire. C'est tout juste si nous échangeons quelques impressions à voix basse :

– Il y a des corps.

– Tu as vu la taille du rectangle ? Des centaines.

– Dis plutôt des milliers.

– Les gars qui ont monté les poteaux... Ils y sont.

– Ensuite, ce sera notre tour. Ils nous jetteront dedans.

Le matin du deuxième jour, nous arrivons beaucoup plus tôt. Nous constatons qu'un kommando est venu creuser le second rectangle pendant la nuit. Il ressemble maintenant à une piscine, bordée de monticules de terre. On nous enferme tout de suite dans la cabane, de sorte que nous ne pouvons pas voir si la piscine est vide ou pleine.

Hier, le SS a dit que nous ne devions pas regarder par la fenêtre de la cabane, mais il ne le répète pas aujourd'hui. De toute façon, nous sommes condamnés à mort, donc cela n'a pas d'importance.

Tous les déportés savent que les Allemands assassinent les vieillards, les mères et leurs enfants. On nous a parlé de gaz dès que nous sommes arrivés au camp, mais nous ignorions comment les bourreaux procédaient. Alors voilà : de la fenêtre de notre cabane, nous assistons, le cœur serré par une angoisse affreuse, au spectacle abominable de l'extermination des juifs. Nous apercevons plusieurs petites maisons dans le lointain. Nous ne les avions même pas remarquées le premier jour, mais en vérité la plus proche est bien visible. Deux groupes de juifs tout nus s'approchent de la maison. D'un côté, des hommes âgés et des garçons ; de l'autre, des femmes, des filles et des bébés. Une vingtaine de personnes en tout. C'est curieux, j'ai l'impression qu'ils ne sont pas inquiets. Quatre hommes vêtus de blanc et deux SS les encadrent. Les juifs entrent ans la petite maison, les SS referment la porte. Un SS apporte une boîte qui ressemble à un pot de peinture. Nous entendons le bruit assourdi d'une trappe qui se referme. Ensuite, nous distinguons des lambeaux de cris, comme portés par le souffle du vent. Brod, qui a reçu une éducation religieuse, affirme qu'il reconnaît la prière *Chema Israël* : « L'Éternel est notre Dieu, l'Éternel est unique. »

Les hommes vêtus de blanc vivent à l'écart, dans leur propre petit camp, mais tout le monde a entendu parler d'eux. Ce sont les membres du *Sonderkommando*, c'est-à-dire le kommando spécial. Ils vivent confortablement, mangent ce qu'ils veulent et sont gazés tous les trois mois. Les nouveaux vêtements que le SS nous a promis pour la fin de la semaine, ce sont les habits blancs du kommando spécial.

Pendant que les juifs meurent dans la petite maison, plusieurs dizaines d'hommes blancs posent des rails entre la maison et la fosse, puis amènent des wagonnets (de simples plates-formes posées sur quatre roues) à la porte de la maison. Respirant à travers un masque, ils entrent dans la maison, chargent les cadavres sur les wagonnets et les jettent dans la fosse. À la fin, ils les recouvrent de terre. Pendant ce temps, de gros ventilateurs, qui ronflent comme des moteurs d'avion, évacuent le gaz. Ainsi, le prochain groupe de juifs pénétrera dans la maison sans se méfier.

Le rectangle de terre ressemble maintenant à celui d'hier. Nous sortons de notre cabane et déplaçons les poteaux et les projecteurs vers un nouveau rectangle. Puis nous déjeunons et passons la fin de l'après-midi à méditer en silence.

Je me souviens qu'un juif grec m'a raconté un truc bizarre : il a appartenu à un kommando de nuit chargé de creuser une grande fosse. Il y avait au moins deux cents hommes ; cela allait très vite.

Les camarades creusent sans doute au début de la nuit. On gaze peut-être les gens avant l'aube. Dans ce cas, la fosse était presque pleine quand nous sommes arrivés ce matin, et nous avons vu le dernier groupe. Les gens vont à la mort sans manifester la moindre peur. Les mères avec leurs enfants. Je crois que j'aimerais mieux qu'ils crient. Les gars du Sonderkommando enlèvent toujours les rails et les wagonnets avant l'arrivée d'un nouveau groupe. Ainsi, les juifs ne devinent pas ce qui les attend. Ils ne leur disent pas qu'ils vont les empoisonner avec du gaz, c'est sûr. Je me demande ce qu'ils leur disent. Que la petite maison est un réfectoire, dans lequel on va leur donner à manger… Tout nus ? Non, c'est impossible. Ils nous ont mis tout nus quand nous sommes arrivés, pour nous raser. Ils nous ont aussi désinfectés avec une poudre, contre les poux. Oui, c'est ça : « Vous prendrez une bonne douche et, ensuite, nous allons vous désinfecter. » Alors les gens se déshabillent. Ils ne peuvent pas les tuer tout habillés, parce qu'ils récupèrent les vêtements. Quand je travaillais dans la Kleiderkammer, je croyais que les habits venaient des bagages laissés dans le train. Il y avait aussi les vêtements des morts, je le comprends maintenant.

Le troisième jour, nous voyons que plusieurs vieillards refusent de passer la porte. Ils ont peut-être deviné pourquoi on les pousse, tout nus, dans une petite maison fermée par une porte blindée. Les hommes en blanc les emmènent à l'écart. Quand tous les autres sont entrés et que la porte est refermée, des SS les tuent d'une balle dans la tête. Les SS n'assassinent jamais quelqu'un devant les femmes et les enfants, afin de ne pas provoquer de panique.

Vers le quatrième ou le cinquième jour, notre SS cesse de nous enfermer à clé dans notre cabane. Nous pouvons nous promener librement. Nous supposons qu'il veut nous habituer à notre futur travail. L'un d'entre nous va même réparer une lampe à l'intérieur de la chambre à gaz. Après avoir parlé à un homme en blanc, il rapporte des informations :

– Ils leur promettent une bonne douche et un repas. Ils leur disent : « Dépêchez-vous de vous laver, la soupe va refroidir… »

Nous nous approchons de la petite maison quand les hommes en blanc, équipés de leur masque, ouvrent la porte et sortent les cadavres. Les corps nus sont enchevêtrés de manière incompréhensible, comme si le gaz avait provoqué des spasmes monstrueux. Les visages sont déformés par des rictus inhumains, terrifiants. Deux globes gélatineux – les yeux expulsés de leur orbite – nous regardent froidement depuis le monde des morts. Nous entendons des claquements et des craquements : les hommes en blanc brisent des membres pour démêler les cadavres avant de les porter sur les wagonnets.

Nous constatons que presque toutes les mères ont les mains crispées autour du cou de leur enfant. Elles l'ont étranglé pour abréger ses souffrances. Nous murmurons : « *Oy Weh* », une exclamation yiddish qui signifie : « Oh, douleur, oh, malheur… »

Des morts, nous en avons vu des milliers depuis que nous sommes arrivés à Auschwitz. Nous sommes tous des anciens numéros. Nous croyons avoir tout vu. Pourtant, ce jour-là, nous découvrons qu'il n'existe pas de limite à l'horreur, qu'il est toujours possible d'aller plus loin. Nous devinons que nous avons franchi une frontière invisible : si nous survivons, nous ne redeviendrons jamais des hommes comme les autres.

De nombreux mythes de l'Antiquité racontent qu'un personnage, après avoir vu des choses affreuses ou bravé un interdit, perd la vue ou se transforme en statue de sel. Allons-nous devenir aveugles ? Nous crever les yeux comme Œdipe ? Sans nous concerter, nous rentrons dans notre cabane en silence. Les jours suivants, nous ne sortons plus nous promener, bien que la porte reste ouverte.

Nous parlons à voix basse :

– À la fin de la semaine, nous y serons.

– Ensuite, trois mois.

– Comment est-ce qu'ils liquident le Sonderkommando ? Tu crois qu'ils le gazent ?

– J'aimerais mieux un coup de pistolet.

– Tu peux toujours courir vers les barbelés pour choisir la balle dans la tête.

– Nous pouvons encore nous échapper. Il faut trouver un moyen.

— Moi, je préfère rester. Nous allons mourir de toute façon. Au moins, je pourrai boire et manger, je dormirai dans un lit, je me laverai, je ne recevrai plus de coups de bâton.

Deux d'entre nous affirment qu'ils préfèrent rester. Si nous voulons tenter de redevenir des déportés ordinaires, nous devons nous dépêcher. Nous rentrons encore dans notre block chaque soir, mais nous savons que d'un jour à l'autre, on nous installera dans le camp séparé du kommando spécial*.

* Ce chapitre décrit la situation en 1942. Il y avait alors seulement cinq petites chambres à gaz à Auschwitz. Au printemps de l'année 1943, la direction du camp a importé des fours crématoires d'Allemagne et regroupé dans un seul bâtiment les fours et de grandes chambres à gaz souterraines.

Les nouvelles chambres à gaz portaient l'inscription « Salle de bains ». Leur vestiaire était décoré de slogans comme « *Rein macht fein* », c'est-à-dire « La propreté, c'est la santé ». Il y avait des crochets numérotés pour suspendre les vêtements et, partout, le conseil : « Retenez bien votre numéro ! » La dernière chose que faisaient les gens avant de mourir, c'était de retenir le numéro de leur crochet.

Dans les documents administratifs, les Allemands évitaient de parler de chambre à gaz. Ils disaient SD, pour *Sonderbehandlung*, c'est-à-dire « traitement spécial ». Au camp, ils se montraient beaucoup plus cyniques : ils disaient « la douche », tout simplement. Les déportés avaient leur propre argot. La chambre à gaz, c'était « la boulangerie », à cause des fours. Quelqu'un qui travaillait à la boulangerie, c'était un membre du kommando spécial en habit blanc. Un kapo en colère pouvait hurler : «Vous irez tous à la boulangerie ! D'ici, on ne sort que par la cheminée... Vous finirez tous en fumée ! »

17
Il faut qu'une occasion se présente demain

Depuis que je participe au mystère du kommando spécial, Laybich me traite avec le respect que l'on accorde, dans les prisons, au condamné à mort avant son exécution. Il me rend ma paillasse et m'autorise à dormir tout seul. D'ailleurs je ne dors pas vraiment bien. Je rêve que ma mère, Rachel, mon petit Élie, entrent dans la petite maison. Ils sont contents de se laver. Moi aussi, je veux entrer dans la maison, pour leur dire de sortir, mais la porte est fermée.

La dernière fois, Laybich m'avait demandé mon nom. Cette fois-ci, il me demande mon prénom.

– Maurice.

– Maurice ? Tu plaisantes ? Tu veux dire Moshé !

– Oui, c'est Moshé.

– Écoute, Moshé. Quand tu seras là-bas… Si un jour, par hasard, on ne sait jamais, tu me vois venir…

S'ils m'amènent pour me gazer... Trouve un gourdin et casse-moi le crâne d'un seul coup. Tu es très fort, je sais que tu peux le faire.

Ce qu'il veut, au fond, c'est que je lui épargne des souffrances. Que je me conduise comme les mères qui assassinent leur propre enfant. Oui, mais je ne l'aime pas comme un fils. Je le déteste. Il avait déjà inscrit mon numéro sur son carnet. Si un sauveur inconnu ne m'avait pas repêché par la peau du cou, Laybich m'aurait étranglé dans mon sommeil et aurait posé mon corps, au milieu d'un groupe de quatre, devant le block. J'ai envie qu'il souffre, ce salaud. Ou bien non... Je ne sais pas. Me venger? Laybich n'est qu'un minuscule rouage dans l'horreur du camp. Il n'a sans doute jamais décidé de devenir un assassin. Si les Allemands n'avaient pas déclenché la guerre et créé cette abomination d'Auschwitz, il serait tailleur ou boutiquier quelque part en Pologne. Ce sont eux, les vrais coupables. Au fait, est-ce que je pourrais tuer quelqu'un d'un coup de gourdin? Un ami, pour l'empêcher de souffrir... Un ennemi... Un Allemand... Je n'ai jamais tué personne. Je ne suis pas aussi courageux que les mères dont les hommes en blanc cassent les doigts rigides.

Laybich considère que j'appartiens déjà au kommando spécial. Seulement, j'ai décidé que je ne mettrai pas les habits blancs. Je veux survivre afin de raconter au monde ce que j'ai vu à Auschwitz. Je ne sais pas si j'y arriverai, mais je vais au moins essayer. C'est ce qui me distingue de Laybich. Il dit : « Nous mourrons tous, mais je mourrai le dernier. » Il tue des mourants pour retarder sa propre mort. Il tue par désespoir, en quelque sorte. Moi, j'espère m'en sortir. Je refuse d'être un assassin, puisque j'ai l'intention de devenir un honorable père de famille à Paris.

D'ailleurs, ces assassins désespérés n'arrivent même pas à survivre plus longtemps que nous. Ils se bagarrent à coups de couteau dans les W.-C. des princes, sous le regard indifférent des prisonniers russes. Il paraît que Marek, notre ancien Blockältester, a été tué d'un coup de pistolet par un SS avec qui il avait arrangé un trafic de dents en or.

Je dois me montrer plus alerte et vigilant que jamais. Il faut qu'une occasion se présente demain.

Je me lève, je me tiens debout dans la neige pour l'appel, je bois le café. Aucune occasion ne se présente. Je retourne dans le kommando avec mes six camarades. C'est notre septième jour. Nous passons la matinée en silence dans la cabane. Nous entendons des coups de feu assourdis. Peut-être des gens se sont-ils révoltés devant une des petites maisons les plus éloignées. Bientôt, vêtus de blanc, nous devrons rassurer les pauvres juifs tout nus afin qu'ils franchissent sans hésiter le terrible seuil.

Nous déplaçons les projecteurs, puis nous retournons dans la cabane pour manger. À la fin du repas, c'est-à-dire au début de l'après-midi, notre SS nous ramène au camp – comme s'il voulait nous accorder une demi-journée de congé pour marquer la fin de notre stage.

Un quart d'heure environ après notre retour dans nos blocks respectifs, une annonce retentit dans les haut-parleurs du camp : « Des volontaires sont requis pour une mine de charbon. Ce kommando est interdit aux sept électriciens. »

Je sors du block sans hésiter une seule seconde, sans me poser la moindre question, et je vais jusqu'à la place de rassemblement des kommandos. L'occasion s'est présentée !

C'est seulement en approchant de la place de rassemblement que je commence à réfléchir. Notre SS pourrait aller se promener du côté de la place, pour vérifier qu'aucun de ses électriciens ne lui fausse compagnie. Bah, je dois courir le risque. Même si j'ai seulement une chance sur deux de m'en sortir, c'est toujours mieux que de ne rien tenter et de devenir un homme en blanc, ce qui signifie la mort à coup sûr.

Un médecin SS examine les candidats à la mine. Selon une procédure habituelle à Auschwitz, nous devons nous déshabiller et lui montrer nos fesses, car c'est à ses fesses décharnées que l'on reconnaît un musulman. Il nous demande aussi d'effectuer un petit saut, de cinquante centimètres environ, au-dessus d'un fossé. Avec mes jambes d'ancien boxeur et ma semaine de repos dans la cabane des électriciens, je saute sans aucun mal. De nombreux camarades échouent à cet examen. En fin de compte, le médecin retient peut-être quatre cents hommes.

Tiens, l'ami Brod ! Il a su saisir l'occasion, comme moi.

– Eh, Brod, tu n'es pas tombé dans le fossé, avec ton gros ventre ?

– J'avais les jambes qui tremblaient un peu. Je me demandais si notre SS n'allait pas montrer le bout de son nez.

– Ne te réjouis pas trop tôt. Si ça se trouve, ils veulent recruter des gars pour le kommando spécial. Personne ne se porte volontaire pour se joindre au kommando spécial, donc ils sont obligés d'inventer des mines de charbon.

– Tu vois, demain, soit nous sommes habillés tout en blanc, soit nous sommes tout noirs au fond de la mine ! Ou alors notre SS nous intercepte. Dans ce cas, il nous tue d'une balle dans la tête pour nous apprendre l'obéissance. Ni blanc, ni noir.

– Je crois qu'il ne va pas venir. Je l'ai bien observé. Il ne comprenait pas pourquoi nous avions peur du kommando spécial. Je suis sûr que c'est pour nous guérir de notre peur qu'il nous a laissés voir la chambre à gaz de près. « Regardez, mes amis, cela n'a rien d'effrayant. Les juifs entrent bien tranquillement dans la maison. Ils prient leur Dieu et puis ils meurent. Vous n'avez plus qu'à les enterrer, c'est tout simple. » Il pense qu'il a réussi à nous débarrasser de notre préjugé.

– Et que nous nous réjouissons d'entrer dans le kommando spécial ?

– Bien sûr ! Trois mois garantis de vie tout confort ! Lui, il préférerait cela à une survie au jour le jour sous les coups de gourdin. Il n'imagine pas que nous puissions l'abandonner pour partir à la mine.

– Demain, il n'aura plus que cinq électriciens au lieu de sept.

– Ça, c'est banal. Il pensera que notre Blockältester nous a tués pour une raison ou pour une autre.

Encadrés par des kapos et des SS, nous sortons du camp. Nous sommes soulagés de constater que nous nous dirigeons vers Auschwitz I et non vers les chambres à gaz. Nous avons réussi notre coup !

J'ai passé à peu près cinq mois à Birkenau, mais j'ai l'impression d'y avoir toujours vécu. Le monde d'avant n'est plus qu'un vague souvenir qui hante parfois mes nuits.

18
Je ne suis pas de taille à vaincre la bise polonaise

Nous mettons plus d'une heure pour parcourir, du pas traînant des déportés, les trois kilomètres qui séparent les deux camps, de sorte que la nuit glacée de décembre est en train de tomber. Nous nous sommes déshabillés à Auschwitz II pour montrer nos fesses au médecin SS. Nous nous déshabillons de nouveau à Auschwitz I pour être rasés et épouillés. Soudain, alors que trois hommes de notre kommando sur quatre sont entrés dans la salle de désinfection, des sirènes retentissent : alerte aérienne ! fermeture des blocks !

On ne peut pas toujours avoir de la chance : je reste dehors, tout nu dans l'air glacé, avec une centaine de camarades. Nous courons dans tous les sens à la recherche d'un block qui aurait oublié de fermer ses portes. Des avions russes survolent le camp. Nos corps crayeux brillent comme de grands vers luisants dans la lumière vive des fusées éclairantes.

Poussés par notre instinct de survie, nous nous agglutinons en un essaim grouillant pour échapper au froid. Chacun essaie de pénétrer au plus profond du radiateur humain. Plus vigoureux que les autres, j'atteins vite le centre. Tout aussi vite, sans comprendre ce qui m'arrive, je me retrouve dehors. Les vers géants entrent dans l'essaim en un flux constant, en sortent, tournent tout autour. Je boxe dans le vide pour me réchauffer, mais je ne suis pas de taille à vaincre la bise polonaise. Je sens que mon sang se refroidit. Bientôt, je serai raide et bleu, comme les cadavres que je voyais jadis sur le pont quand je traversais la Vistule. Je me jette sur mes camarades et me frotte contre leur peau. J'entre de nouveau dans le cercle, mais cela ne m'empêche pas de grelotter.

Au bout d'un temps infini (une heure ? beaucoup moins ? beaucoup plus ?), l'alerte est levée, les portes s'ouvrent. On nous rase tout le corps en nous arrachant la peau, comme d'habitude. On nous tond les cheveux qui restaient de chaque côté de la bande rasée au milieu de notre crâne. On nous plonge dans un tonneau de pétrole pour tuer les poux. Le kapo nous conseille aimablement de fermer les yeux, mais les yeux me piquent quand même quand je ressors du tonneau. Ce n'est rien à côté de la brûlure atroce que je ressens là où la peau a été arrachée par la tondeuse, en particulier entre les jambes. Ensuite, nous avons droit à une véritable douche, je veux dire une véritable douche d'Auschwitz, sans savon ni serviette, qui nous paraît divine. Pour moi, c'est la première depuis l'époque du kommando des habits. À propos d'habits : je perds ma veste trop grande, qui commençait à ressembler à une vieille serpillière. On nous donne une sorte de pyjama rayé gris et noir. Heureusement, je conserve mes bonnes chaussures d'hiver.

Dans cette région, proche des Carpates, la température peut descendre à vingt degrés en dessous de zéro. Je ne sais pas si le pyjama nous tiendra bien chaud. Pour l'instant, je frissonne et je brûle, ma tête tourne, j'ai du mal à respirer. J'ai sans doute attrapé froid pendant l'alerte aérienne.

On nous autorise à nous coucher par terre dans le block de désinfection. Je m'écroule et sombre dans un profond sommeil. Au matin, je sens qu'on me secoue. J'ai l'impression que je suis perdu dans le brouillard. Je distingue vaguement un visage.

– C'est toi, Brod ? Où sommes-nous ? Que se passe-t-il ?

– Réveille-toi, Wisniak. Ce n'est pas le moment d'être malade. Lève-toi, fais un effort. Nous devons passer devant un médecin.

Il m'aide à me lever. Je dois absolument arriver devant le médecin en marchant tout seul sur mes propres jambes. Par chance, ce n'est pas un médecin SS comme hier, mais un déporté en blouse blanche flanqué d'un SS ordinaire. Il voit bien que je titube et que j'ai la tremblote.

– Tu préfères aller à l'hôpital ou à la mine ?

J'essaie de répondre : « À la mine », mais j'entends que ma voix a décidé de répondre à ma place :

– Je suis malade. Laissez-moi tranquille.

Sous l'effet de la fièvre, je ne contrôle même plus ce que je dis. Le médecin ne paraît pas content.

– Qu'est-ce que c'est que cette blague ? Tu es en assez bon état pour travailler.

Le SS propose son propre diagnostic :

– Il est malade. Mettez-le au KB* !

Soudain, le médecin me donne un coup de poing dans la poitrine. Il ne frappe pas très fort, mais je tiens

* *Krankenbau*, l'infirmerie. On disait aussi *Revier*, l'hôpital.

à peine debout, donc je tombe en arrière. Aussitôt, je me relève comme un ressort. C'est une loi du camp : quand on reçoit un coup, on se relève et on se met au garde-à-vous pour attendre le suivant. Celui qui reste couché s'expose à être tué à coups de pied ou à coups de gourdin. Je ne me relève pas parce que je veux obéir à la loi, mais parce que j'ai acquis ce réflexe depuis longtemps, comme tous les déportés qui ont passé le cap fatidique des trois premières semaines.

Le médecin se tourne vers le SS.

– Vous voyez, il est très costaud. Il fera un bon mineur.

Mon esprit est tout embrouillé, je ne comprends rien à cette affaire. Je me plains à Brod.

– Tu as vu, ce salaud ? Frapper un malade ! Tu parles d'un docteur…

– Tu ne comprends pas ? Il vient de te sauver la vie ! Il savait que tu étais un vieux numéro et que tu te relèverais.

Nous partons en rangs par cinq pour le camp de *Jawischowitz**, où se trouve la mine. Le médecin avait

* Nom allemand de la ville polonaise de Jaworzno, située à une vingtaine de kilomètres d'Auschwitz. On prononce : Yavojno et Yavichovits.

raison : je ne vais pas si mal. Malgré ma fièvre, je marche.

Les SS qui nous accompagnent ont envie de s'amuser. Sous prétexte que nous soulevons trop de poussière en traînant les pieds, ils nous ordonnent d'enlever nos chaussures. Je m'écorche sur les cailloux du chemin. Malgré la douleur, je marche. Les SS nous ordonnent de marcher plus vite. Je marche plus vite. Ils nous ordonnent de chanter. Je chante et je marche. Ils nous donnent des coups de bâton pour nous apprendre à chanter juste. Je tremble de fièvre, je supporte les coups de bâton, je chante et je marche. Je me mets à pleurer. Brod s'inquiète pour moi :

– Tu ne vas pas mieux, Wisniak ? Je ne t'ai jamais vu pleurer. Tu as mal aux pieds ?

– Jusqu'à l'âge de dix ans, je marchais pieds nus. J'ai l'habitude, même si la couche de corne qui protégeait mes pieds a disparu depuis longtemps. Non, je pleure de joie en pensant que nous avons échappé au kommando spécial.

19
Il n'y a pas de patrouille devant les barbelés

Après quelques heures de marche, nous arrivons à Jawischowitz, un petit camp situé près de la mine de charbon.

Non seulement on nous accueille de manière civilisée en nous offrant du « café », mais on nous le sert dans de grands bols individuels plutôt que dans des pots de chambre. Comme nous avons encore plus soif que d'habitude, à cause de la poussière du chemin, nous nous précipitons pour boire. Les kapos de Jawischowitz rétablissent l'ordre à coups de matraque, mais ils ne tuent personne. Nous prenons une douche chaude avec du savon. Nous dormons tout seuls sur une paillasse. C'est le paradis !

Nous ne descendons pas dans la mine tout de suite, car on nous met en quarantaine pour vérifier que nous n'avons pas de maladies contagieuses. Il ne faut pas que nous transmettions le moindre pou aux mineurs polonais, qui sont des civils. Ici, on ne produit pas des morts comme à Auschwitz, mais du charbon pour le Reich.

Je travaille de nouveau dans un kommando de terrassement. Si ma fièvre s'atténue peu à peu, je reste très faible. Je ne mange pas assez pour me rétablir. Il pleut, il neige, nous creusons des fossés dans la boue. Tous les soirs, nous avons droit à une délicieuse douche chaude. Seulement, nos vêtements trempés par la pluie et la neige ne sèchent pas. Si je dormais serré contre mes camarades comme à Auschwitz, j'aurais moins froid.

Ma fièvre revient, accompagnée par une vilaine toux et par une horrible diarrhée. Quand j'arrive à m'endormir, je vois la chambre à gaz dans mes rêves – les corps enchevêtrés, les enfants étranglés par leur mère, la terre gorgée de sang. Mon envie de vivre s'effiloche tout doucement. Ce que j'aimerais, c'est mourir sans souffrir. J'en parle à Brod.

– Tu as remarqué qu'il n'y a pas de patrouille devant les barbelés ?

– Je n'ai pas fait attention. Tu veux t'évader ?

– Ce n'est pas comme à Auschwitz. On peut se

jeter sur la clôture électrifiée sans être arrêté. On meurt d'un seul coup.

– Qu'est-ce qui te prend ? Tu as décidé de survivre, et moi aussi, tu t'en souviens ? Nous devons raconter ce que nous avons vu.

– Ils vont arranger ce camp, mettre des patrouilles partout. Bientôt, on ne pourra plus. Il faut se dépêcher.

– Tu m'inquiètes, Wisniak. Tu dis n'importe quoi… C'est ta fièvre qui te monte à la tête.

Je me lève au milieu de la nuit. Je traverse le block endormi en prenant soin de ne pas faire de bruit. Bientôt, je ne souffrirai plus. Soudain, je reçois un coup de poing dans la nuque qui m'étend par terre. Je sens qu'on me traîne jusqu'à mon lit. Quand je me réveille pour l'appel, je me souviens vaguement que j'ai voulu sortir du block, mais je ne sais plus pourquoi.

– Dis donc, Brod, tu pourrais assommer quelqu'un d'un seul coup de poing ?

– Moi ? Sûrement pas.

– Tu as fait de la boxe.

– Il y a longtemps.

– Écoute, j'ai l'impression qu'un camarade m'a sauvé la vie cette nuit. Si c'est toi, je te remercie.

Je suis tout étonné – et soulagé – de ne pas voir devant le block, chaque matin, des alignements de cadavres groupés par cinq. Une infirmerie accueille les malades et les soigne. Pourtant, sur les quatre cents hommes de notre kommando, plus de cent deviennent musulmans en quelques jours, épuisés par la faim et la pluie glacée. Ils retournent à Auschwitz, où le gaz les attend.

À la fin de la période de quarantaine, nous passons une nouvelle visite médicale. J'ai mangé du charbon pour guérir ma diarrhée, je ne vais pas trop mal. Un médecin SS et un médecin déporté polonais nous palpent et examinent nos dents, comme si nous étions des chevaux, pour choisir ceux qui deviendront mineurs. Ils me jugent bon pour le service. J'espère descendre bientôt dans les chaudes entrailles de la terre. En attendant, j'appartiens toujours au kommando de terrassement. Il fait de plus en plus froid. La terre commence à geler. Frissonnant dans nos pyjamas rayés, nous attaquons en vain le sol endurci à coups de pelle. Les kapos nous battent pour nous donner du cœur à l'ouvrage.

20

Un énorme ascenseur qui tombe à trois cents mètres de profondeur

Le matin du jour où nous devons descendre dans la mine, le Lagerältester, un détenu de droit commun polonais, nous adresse un petit discours :

– Vous les juifs, vous n'avez jamais travaillé. Je me demande comment vous vous débrouillerez dans la mine. Je vais prier Dieu pour qu'il vous laisse remonter en vie.

La mine se trouve à une demi-heure de marche du camp. Les SS qui nous accompagnent restent à la surface. Nous nous entassons à vingt dans un énorme ascenseur, qui tombe à trois cents mètres de profondeur en quelques dizaines de secondes. La sensation de chute est si violente que je crains de perdre le contrôle de mes intestins, de vomir et de m'évanouir.

Des mineurs polonais, c'est-à-dire des gens libres, qui vivent à l'extérieur du camp, nous accueillent au fond.

– Alors, les juifs, vous avez fini de manger des oies grasses et des gâteaux au miel !

Certains nous donnent un petit coup de pied quand nous passons devant eux, d'autres se contentent de cracher par terre. Après avoir parcouru une grande galerie éclairée par des ampoules électriques jusqu'à une sorte de rond-point, nous devons allumer la lampe de notre casque pour entrer dans un des boyaux obscurs qui partent dans toutes les directions.

Avec Brod et un camarade nommé Gelber, je dois aider deux mineurs polonais, un vieil homme et son jeune assistant. Ils nous paraissent immenses. Le vieux mineur nous évalue en soupirant.

– Qu'est-ce que c'est que ces juifs qu'on nous donne ? À eux trois, ils pèsent moins que moi ! Est-ce que vous comprenez ce que je dis, mes gaillards ? Vous parlez polonais ?

– Oui, nous sommes tous les trois polonais.

– Ce n'est pas plus mal. Avant vous, j'avais des juifs hollandais qui ne comprenaient rien. Regardez : vous devez ramasser les pierres avec la pelle et les mettre dans le wagonnet.

Nous creusons une galerie d'approche qui mène à une veine de charbon. Des sapeurs font sauter le front de la galerie à la dynamite. Nous dégageons les éboulis, nous attaquons des rochers au marteau-piqueur ou à la pioche, nous ramassons les gravats à la pelle. D'autres équipes extraient le précieux minerai.

Le jeune mineur parle un peu français, car il a travaillé dans les mines du nord de la France. Il jette dans le wagon des pelletées de quarante kilos et ricane en observant que nous avons bien du mal à soulever la moitié d'une telle masse. J'ai tout de même l'impression que je ramasse à peu près autant de cailloux que le vieux mineur. D'ailleurs, le jeune s'arrête souvent pour se reposer. À chaque fois, il guette dans le fond de la galerie l'apparition d'une lueur qui annoncerait l'arrivée du contremaître. Effectivement, une faible lueur finit par percer l'obscurité. Le vieux mineur nous prévient :

– C'est lui !

– Le porion* ! dit le jeune en français.

Nous accélérons la cadence. Comme je l'espérais, nous avons bien chaud dans la mine. Nos pyjamas

* Contremaître dans la mine.

sont aussi mouillés par la sueur qu'ils l'étaient hier par la pluie.

Voici le porion, portant dans une main sa lanterne et dans l'autre une barre de fer. Il demande au vieux mineur comment nous travaillons.

– Comme des juifs !

Le porion, qui attendait sans doute cette réponse, commence à me donner des coups de sa barre de fer. Je tente de les esquiver, mais sa lanterne m'éblouit. Je me tourne comme je peux, de manière à présenter mes épaules et mon dos plutôt que ma tête. Au bout de dix minutes de bastonnade, mon bourreau s'en prend à Gelber. Il le bat un peu, puis s'arrête, épuisé.

– Toi, dit-il à Brod, je te garde pour demain. Je vous conseille de travailler mieux, sales juifs. Surtout toi (se tournant vers moi), parce que tu me parais plus fort que les autres.

Il s'en va et moi, pour la deuxième fois depuis mon arrivée à Auschwitz, je me mets à pleurer. Je suis couvert de bleus et de bosses, j'ai mal partout. Comme ma graisse et mes muscles ont fondu depuis longtemps, de nombreux coups ont atteint mes os. Un de mes tibias est si douloureux que je peux à peine tenir debout.

Le jeune mineur m'adresse un sifflement d'admiration.

– Toi, le juif, tu es fort. Tu n'as pas poussé un seul cri. Ceux qui nous aidaient avant vous hurlaient et s'écroulaient par terre.

Le vieux se tait. Il me semble qu'il n'est pas très fier de lui. Je lui montre mes bosses.

– Vous haïssez vraiment les juifs ! Je crois que je n'ai pas travaillé si mal que ça. Pourquoi vouliez-vous que le porion me batte ?

– Je ne lui ai pas dit que tu travaillais mal.

– « Travailler comme des juifs » ? Autant lui dire que nous sommes des incapables et des paresseux.

– Tu n'avais qu'à crier comme les gars qui étaient là avant vous. Il t'aurait moins battu. Regarde, maintenant, tu saignes de la tête et de la bouche…

Je crois qu'il n'est pas vraiment méchant. Il me donne sa gourde de thé pour que je me rince la bouche et me prête son mouchoir. Je me lave aussi le visage, parce que les kapos détestent voir du sang.

Heureusement, aucun kapo ne remarque mon état. Il est vrai que nous sommes très sales, de toute façon, quand nous remontons de la mine. Nous avons toujours droit, chaque soir, à notre bonne douche chaude. Encore plus extraordinaire : on nous donne un pyjama propre pour dormir ! Notre pyjama de mineur nous sert d'oreiller.

Au lieu de manger dans le block comme à Auschwitz, nous nous asseyons dans un réfectoire. Notre unique repas comporte une soupe (dans laquelle flotte parfois un rutabaga), une miche de pain pesant environ deux cents grammes et aussi, de temps en temps, une tranche de saucisson, une cuillerée de confiture, un morceau de margarine. Cette maigre ration doit nous donner la force d'extraire cinq tonnes de gravats par jour.

Le lendemain, nous redescendons au fond. Le porion ayant jugé que nos deux mineurs n'avaient pas besoin de trois assistants, Brod est affecté à une autre équipe.

Les mineurs polonais qui nous accueillent quand nous sortons de l'ascenseur écarquillent les yeux en me voyant. Je n'ai pas pu me regarder dans un miroir, puisque nous n'en possédons pas, mais j'imagine que certaines parties de mon visage sont gonflées de manière monstrueuse. Le vieux mineur n'en revient pas :

– Quand le porion battait un juif avec sa barre de fer, le juif passait quelques jours à l'infirmerie. Tu n'avais pas besoin de revenir dès aujourd'hui.

– Je me méfie de l'infirmerie.

– Au moins, repose-toi un peu. Si tu aperçois une lueur au fond de la galerie, tu te remets au travail.

Nos deux Polonais se reposent très souvent, eux aussi. Creuser une galerie d'approche est assez difficile : on ne sait pas d'avance quelle sorte de roche on va rencontrer. Ensuite, on perd beaucoup de temps à attendre le sapeur, à poser des tuyaux pour aspirer les gaz, à installer les rails pour les wagonnets. La progression est variable, de sorte que le porion ne peut pas contrôler notre rendement. Le travail des mineurs qui creusent la veine de minerai est très différent. Ils avancent de manière régulière, donc ils ne peuvent pas se reposer comme nous, sinon le porion s'en apercevrait tout de suite.

Au bout d'un moment, le vieux Polonais m'offre un morceau de pain et un bout de lard.

– Non merci.

– Tu es sûr ? C'est à cause du lard ? Tu ne manges pas de porc ?

– Je ne crois pas à la religion. Je n'ai pas faim. Donnez-le plutôt à Gelber.

En vérité, la faim me ronge le ventre, comme tous les jours. Seulement, j'ai remarqué que je souffre souvent de diarrhée après avoir été battu. Je préfère me montrer prudent. Peu à peu, mes douleurs s'atténuent. Quelques jours plus tard, j'accepte la tartine du vieux mineur. Pendant une semaine environ, le porion ne juge pas utile de nous rendre visite. Puis il revient et demande au vieux mineur :

– Alors, comment travaillent les juifs ?

– Très bien.

– Vous voyez, ces porcs ont toujours connu l'oisiveté. La seule façon de les guérir de leur paresse, c'est de les battre !

21
J'avale six œufs avec leur coquille

J'ai beau compléter mon misérable dîner en mangeant la moitié de la tartine du mineur (Gelber mange l'autre moitié), je sens que je m'affaiblis de nouveau. À Jawischowitz, on ne matraque pas les déportés à mort, mais on les laisse tout doucement devenir musulmans, ce qui revient à peu près au même. Les SS élèvent des cochons dans un coin du camp. Quand ils jettent des épluchures aux bêtes, les déportés se battent pour tenter d'en attraper une ou deux au passage.

Le jeune mineur me propose un échange :

– Je t'apporte de la nourriture, toi tu me donnes des vêtements.

Je suppose qu'il s'est livré à ce genre de trafic avec nos prédécesseurs. On trouve assez facilement des vêtements dans le camp, puisqu'il en arrive des valises pleines chaque jour à Auschwitz. L'idée de me lancer dans une sorte de marché noir ne me plaît pas trop, mais je n'ai pas le choix : si je ne trouve pas un moyen de manger, je deviendrai musulman et j'irai au gaz.

Dans l'argot du camp, le verbe *organisieren*, c'est-à-dire « organiser » signifie « se débrouiller pour obtenir... ». J'organise une paire de chaussettes en sacrifiant une tranche de saucisson reçue pour le dîner. En général, les déportés ont les pieds nus dans leurs chaussures, ou bien ils portent des chiffons, baptisés « chaussettes russes ». Je mets les chaussettes pour descendre dans la mie, je remonte pieds nus dans mes chaussures. Le jeune mineur me donne un demi-pain et un morceau de saucisson dont je pourrai tirer une bonne dizaine de tranches. Je mange une partie de ce trésor ; le reste me servira de monnaie d'échange.

Les jours suivants, je descends dans la mine des chemises, et même des couvertures que j'enroule autour de ma taille. J'obtiens de grandes quantités de nourriture, que j'évite de remonter tout de suite : comme on nous fouille tous les trois ou quatre jours, j'attends le lendemain d'une fouille... Un soir que je remonte une précieuse cargaison : six œufs, je remarque que notre file ralentit à l'entrée du camp. Cela signifie que les SS et les kapos, qui ne sont pas si bêtes, ont décidé de nous fouiller deux jours de suite. En prévision d'un incident de ce genre, je me place toujours vers la fin de la file. Si je jette les œufs par terre, on nous punira collectivement. Je n'hésite pas une seconde : je vais avaler les six œufs avec leur coquille. Je suis un peu inquiet, parce que j'ignore si c'est possible, mais le premier passe assez bien. Ensuite, c'est plus facile. Le dernier œuf disparaît dans mon gosier alors que je passe la grille d'entrée du camp.

Les kapos ont trouvé dans la poche de plusieurs camarades des morceaux de pain offerts par les mineurs. Le règlement interdit aux mineurs de nourrir les déportés. Les camarades reçoivent vingt-cinq coups de bâton sur le derrière. Après une telle punition, seul un homme très vigoureux peut éviter de devenir musulman en quelques jours.

Certains déportés remontent des cigarettes et de la vodka pour les kapos et les Blockältester. Ceux-là sont exemptés de la fouille, bien sûr.

22
Les cuisiniers s'habituent à ma présence

Les six œufs me restent en travers de la gorge. Une autre fois, je remonterai un morceau de pain ou de saucisson trop gros pour que j'arrive à l'avaler d'un seul coup et ils me prendront. Cette contrebande est trop dangereuse, il faut que j'arrête.

Tous les déportés doivent trouver à manger s'ils veulent survivre. Je me souviens de mon frère Albert, dont c'était l'obsession quand il s'appelait encore Anschel. De nombreux camarades travaillent au retour de la mine. Quelques-uns s'embauchent comme domestiques chez un kapo ou un Blockältester. Ils font le lit de leur maître, lavent ses chemises, contre un peu de pain. D'autres aident les cordonniers à confectionner des bottes pour les SS. C'est une tâche que je pourrais accomplir, puisque le cuir m'est familier. Je pourrais même devenir cordonnier titulaire et ne plus descendre sous terre. Sauf que je trouve bien trop dangereux de travailler pour les SS. La seule façon d'éviter qu'ils vous tuent d'un coup de pistolet pour une peccadille, c'est de ne jamais s'approcher d'eux.

J'essaie de me mettre dans la peau d'Albert. Que ferait-il pour trouver à manger dans le camp ? C'est simple : il irait traîner du côté des cuisines, pour voir. Comme dit un proverbe yiddish : « Celui qui travaille à la ruche peut espérer lécher un peu de miel. »

J'emprunte un balai à un camarade domestique, j'entre dans le réfectoire sans rien demander à personne et je commence à le balayer. Un aide-cuisinier polonais ouvre le guichet qui sépare le réfectoire de la cuisine :

– Toi, le juif, qu'est-ce que tu fais là ?

– Je balaie.

– Ah bon…

Il referme le guichet. Je reviens balayer le lendemain après la mine, puis les soirs suivants. Les cuisiniers s'habituent à ma présence et m'appellent « le balayeur ». Ils me donnent un peu de soupe. Ils me demandent si je peux remonter des œufs et des oignons de la mine en échange d'une chemise. Je m'étais juré de ne plus jamais remonter d'œufs, mais j'ai besoin de nouer de bonnes relations avec les cuisiniers, donc je remonte deux œufs et deux oignons.

Les cuisiniers m'engagent pour laver la vaisselle. C'est un travail facile, parce que les déportés lèchent jusqu'à la dernière molécule de soupe au fond des gamelles. Il ne me reste plus qu'à les rincer. Comme les gamelles sont très nombreuses, je demande à Gelber et Brod de venir m'aider. Brod hésite.

– Tu te souviens que j'étais cuisinier à Pithiviers ? À Auschwitz, j'ai eu la même idée que toi. J'ai réussi à passer une journée à la cuisine. J'espérais pouvoir manger un peu plus que les autres. Tous les cuisiniers étaient des déportés politiques polonais, des gars qui avaient participé à l'aménagement du camp en 1940. Ils ne voulaient pas de juifs dans la cuisine. Je me suis caché dans un coin et je suis reparti avec seulement quelques bosses. Un autre juif qui se trouvait là a eu moins de chance. Ils l'ont fait trébucher quand il portait un tonneau de soupe. Le tonneau est tombé sur lui et lui a cassé le bras. Il n'avait plus qu'à aller mourir au block sept.

– Ici aussi, les cuisiniers sont polonais, mais ils me traitent bien, je t'assure.

Brod et Gelber souffrent trop de la faim pour

faire les délicats. Ils acceptent donc de m'accompagner. Brod avait raison, en vérité, de se méfier. On nous demande d'emporter au chantier de terrassement des bidons métalliques contenant soixante-dix litres de soupe. Nous devons charger les bidons sur une charrette tirée par un cheval, puis les descendre à l'arrivée. C'est un travail très dangereux. Je proteste auprès du chef cuisinier.

– Cela fait au moins trois kilomètres. Regardez, les joints de caoutchouc des couvercles sont tout fendillés. Sur la charrette, les bidons seront secoués, la soupe va forcément couler. Comme les tonneaux sont pleins à ras bord au départ, les kapos verront qu'il manque de la soupe et nous battront.

– Eh, les juifs, vous voulez travailler à la cuisine, oui ou non ?

Je réfléchis un peu.

– Est-ce que vous pourriez me donner du papier de margarine ?

– Si tu veux, mais il n'y a rien à lécher dessus, tu peux me croire !

En roulant des papiers paraffinés, je fabrique un nouveau joint, que j'insère à la place du joint de caoutchouc de l'un des couvercles. Je referme les grosses attaches de métal qui tiennent le couvercle.

Nous secouons le bidon pour vérifier que la soupe ne coule plus. C'est parfait !

Grâce à mon invention, nous obtenons le privilège d'être tolérés dans la cuisine, un lieu habituellement interdit aux juifs. Nous transportons les bidons tous les jours après la mine. Les cuisiniers nous donnent de la soupe, des morceaux de saucisson, de la confiture. Nous ne devenons pas véritablement gros, mais au moins nous ne mourons pas de faim. Ce qui est très important, c'est que nous n'avons plus besoin d'échanger de la nourriture contre des vêtements au fond de la mine et que nous ne redoutons plus les fouilles inopinées.

Brod retrouve sa bonne humeur. En découvrant un petit bout de viande dans sa soupe, il me demande si je connais l'histoire du juif qui va au restaurant et trouve un minuscule morceau de viande dans son assiette.

– Il se met à pleurer bruyamment. L'aubergiste accourt : « Que se passe-t-il ? Qu'est-ce qui ne va pas ? » Tout en sanglotant, le juif dit : « Quand je pense que pour ce tout petit bout de viande, on a dû tuer un énorme bœuf ! »

Nos deux mineurs polonais sont tout étonnés de voir que nous travaillons de mieux en mieux dans la galerie. Ils croyaient les juifs incapables d'effectuer des travaux manuels. Ils ne comprennent pas que nos progrès sont simplement dus à l'amélioration de notre régime alimentaire. En tout cas, ils nous respectent et nous traitent en amis. Nous sommes devenus « leurs juifs ». Souvent, les Polonais antisémites font une exception pour certains juifs qu'ils connaissent personnellement.

Le spectre de la mort n'est plus perché sur notre épaule, tel un oiseau familier, comme à Auschwitz. Il lui arrive tout de même de nous effleurer de son aile, histoire de se rappeler à notre bon souvenir. De temps en temps, le SS qui commande le camp se saoule, nous sort de notre lit au milieu de la nuit, organise une grande séance de sport dans la neige avec coups de matraque pour ceux qui ne s'habillent pas assez vite, ordonne à son chien de nous mordre, etc. Il hurle :

– Sacs de merde, je vais vous faire courir jusqu'à ce que vous soyez bons pour le gaz !

À la suite de ces séances, des dizaines de camarades blessés deviennent musulmans. Des juifs hollandais ou hongrois arrivent d'Auschwitz pour les remplacer. Les mineurs se plaignent :

– Nous nous sommes donné le mal de former

nos juifs, et maintenant vous nous envoyez des incapables qui ne parlent même pas polonais !

Le commandant du camp craint le directeur de la mine, son supérieur dans la hiérarchie SS, et espace les séances de sport.

Le danger rôde aussi à l'intérieur du block, comme à Auschwitz. Le Blockältester et le Stubendienst n'étranglent pas vingt déportés chaque nuit, comme le Stubendienst Laybich (des déportés arrivant d'Auschwitz m'ont dit que d'autres bandits l'ont tué après lui avoir cassé les bras et les jambes), mais ils savent donner les coups qui font de vous un musulman, donc vous condamnent à mort. Moi qui suis un ancien numéro, un vétéran de Jawischowitz que les kapos connaissent et respectent, je dois rester aussi vigilant qu'au premier jour – ou peut-être même encore plus – si je veux garder quelques privilèges acquis au fil des mois. Par exemple, un nouveau Stubendienst, Mandelbrot, veut me donner des coups de bâton parce que j'ai apporté de la soupe aux camarades du block. J'ai l'habitude des coups, mais si je me laisse faire, je perdrai mon autorité. Bien que Mandelbrot soit beaucoup plus grand que moi et possède une matraque, je pense pouvoir me défendre. Il me défie :

– Je n'ai pas autorisé une distribution de soupe. Va la jeter dehors !

– J'apporte de la soupe quand je veux. Ce n'est pas toi qui vas m'en empêcher.

– Ah oui ? Nous allons voir…

– Approche encore et je t'assomme !

Je prends un risque énorme, bien sûr. Je compte sur l'appui du Blockältester, un Allemand qui a été mon assistant à la cuisine pendant une semaine. Il arrivait d'Auschwitz, il était affreusement maigre, je l'ai nourri. Plus tard, fort de son appartenance à la race des seigneurs, il est monté en grade.

Le Stubendienst hésite. Il se demande si je bluffe ou si un personnage haut placé me protège. J'en profite pour lui envoyer un direct dans la mâchoire qui lui casse deux dents de devant. Au lieu de répliquer avec sa matraque, il va se plaindre auprès du Blockältester. Quelques minutes plus tard, j'entends la grosse voix de celui-ci :

– Qui est le fils de pute qui t'a battu ? Ne t'inquiète pas, il ne te touchera plus !

Il s'approche, tenant son fouet à la main. Mandelbrot me montre du doigt. C'est le moment décisif… Dans l'univers monstrueux du camp, on joue sa vie presque tous les jours. Si je perds mon pari, je meurs.

Le Blockältester éclate de rire.

– Alors c'est toi, mon cuisinier ? Donne-moi un bout de saucisson, ha ha !

Je lui offre un morceau de saucisson. Il en découpe une tranche pour lui et une pour moi. Tout en riant, il se retourne et donne un formidable coup de poing au Stubendienst, qui va au tapis pour le compte.

23

Les Allemands battent en retraite devant l'Armée rouge

Aucun Allemand ne descend au fond de la mine. Les mineurs polonais se réunissent à l'endroit d'où les galeries partent dans toutes les directions. Ils apportent des journaux allemands. Je leur traduis les articles, je les commente, je dessine des cartes sur le sol.

– Les Boches sont arrêtés devant Moscou, devant Leningrad. Ils progressent vers le sud. Ils veulent s'emparer du pétrole de la mer Caspienne. Les Russes tiennent la ville de Stalingrad, sur la Volga. Cela fait des mois que les Allemands essaient de prendre la ville.

Je joue un jeu dangereux, car il est toujours possible qu'un espion se glisse parmi mes auditeurs et me dénonce pour « propagande communiste », crime passible de la peine de mort.

Un jour (vers la fin de l'hiver 1942-1943), je lis dans le journal que « les bolcheviques vicieux nous ont pris lâchement à revers... ils paieront cher leur coup bas... notre vengeance sera terrible... ». Un frisson me parcourt de la tête aux pieds.

– Cela veut dire que les Russes les ont encerclés à Stalingrad. C'est le début de la fin.

Bientôt, tous les déportés savent que les Allemands battent en retraite devant l'Armée rouge. Tiendrons-nous jusqu'à la fin de la guerre ? Verrons-nous la défaite des Allemands ? Tous les quinze jours, un médecin SS vient examiner nos fesses et envoie au gaz une cinquantaine de camarades. Si les juifs polonais, protégés par les mineurs, trouvent de quoi manger et arrivent à résister aux séances de sport, les juifs hollandais et hongrois deviennent presque tous musulmans au bout d'un mois ou deux.

Comme si la mort regrettait de ne pas parvenir à nous saisir dans ses griffes, elle tente de nous attraper au fond de la mine. Un jour que je ne travaille pas avec la même équipe que d'habitude, je vois un mineur polonais s'effondrer devant moi. Je sais ce que c'est : une poche de gaz ! Ce n'est peut-être pas le même gaz que dans la chambre à gaz, mais on y laisse sa peau tout aussi bien. Je tire le mineur en arrière juste à temps. Il ne paraît pas très content qu'un juif lui ait sauvé la vie.

Un accident sérieux se produit au moins une semaine sur deux. Mon vieux mineur nous a prévenus :

– Si vous entendez un roulement de tonnerre, lâchez vos outils et courez jusqu'à l'abri de béton le plus proche.

Je crois que les accidents se produisent aussi dans les mines bien entretenues. En tout cas, la nôtre est exploitée sans aucune considération pour la sécurité des sous-hommes polonais et juifs, si bien que le tonnerre finit par gronder.

Avant même que je l'entende, le vieux mineur se précipite vers l'abri, heureusement tout proche, en nous criant de le suivre. Les étais de fer qui soutiennent la galerie s'écroulent les uns après les autres derrière nous, comme si quelque géant s'amusait à jouer aux quilles.

Une seule galerie s'est effondrée en partie. Notre vieux mineur dirige les opérations de sauvetage. Quatre hommes sont ensevelis : deux Polonais et deux juifs. L'un des deux juifs n'est autre que mon ami Brod. Nous frappons les tuyaux d'arrivée d'air, ils répondent. Nous creusons. La terre qui bouche la galerie contient de grosses pierres, que nous attaquons à coups de pioche. Nous posons des étais de bois. Le sous-directeur de la mine, un Polonais, descend et félicite le vieux mineur pour son initiative. Nous finissons par atteindre les quatre hommes. Les deux Polonais et un juif sont blessés. Brod, protégé par une énorme roche, est indemne. Quand nous le découvrons, il dort ! Nous sommes stupéfaits. Lui, il trouve cela tout naturel.

– J'ai crié un peu, mais personne ne répondait. Je me suis dit : « Soit mon heure est venue et je vais mourir, soit elle n'est pas venue et je vais vivre. Je verrai bien ! » Aucune autre pensée profonde ne me venait, alors je me suis endormi.

– L'Éternel a placé un rocher au-dessus de toi pour te protéger, remarque Gelber. Cela signifie que ton heure n'était pas venue.

Je trouve ce raisonnement ridicule.

– Ton Éternel laisse des millions de personnes mourir à Auschwitz, et il décide de sauver notre cher Brod ? Cela n'a aucun sens. L'Éternel dit : « Tu ne tueras point », mais les mères ne peuvent pas s'empêcher de tuer leurs propres enfants dans la chambre à gaz. Brod a eu de la chance, c'est tout. Il ne faut pas chercher à comprendre.

À vrai dire, nous sommes jaloux. Avec les appels, les séances de sport nocturnes, les réveils à l'aube, nous dormons très peu. Brod a réussi à dormir au moins deux heures sous son rocher !

24

Ton fils a le même âge que ma fille

La Terre tourne autour du Soleil, sans se préoccuper des horreurs que les êtres humains infligent à leurs semblables. Les jours s'allongent, l'air se réchauffe. Nous vivons comme en dehors du temps. À part le dimanche, nos journées sont toutes semblables. Quelle est la date d'aujourd'hui ? Nous sommes partis de Pithiviers le 17 juillet 1942. Avons-nous déjà passé un an au camp ?

Le directeur de la mine aime bien nous haranguer. Nous connaissons son discours par cœur : « Vous n'êtes que des juifs incapables... Si vous ne travaillez pas mieux, je vous renverrai tous à Auschwitz. » Vers la fin de l'été, au lieu de nous menacer une fois de plus, il nous annonce une nouvelle extraordinaire :

– J'ai obtenu pour vous l'autorisation d'envoyer

une carte postale à votre famille. Vous pouvez même espérer une réponse.

Rachel et Élie ont-ils été déportés ? Sont-ils encore vivants ? Habitent-ils toujours chez nous ? Peut-être font-ils semblant de ne pas être juifs. Dans ce cas, une carte postale arrivant d'Auschwitz les mettrait en danger. J'adresse la carte au propriétaire de l'appartement, un homme très honnête, un bon Français catholique. S'ils ont été déportés, c'est lui qui me répondra… J'élabore quelques phrases dans ma tête : *« Je vais bien. Je travaille dans une mine de charbon. Comment vont ma femme et mon fils ? J'espère que vous allez tous bien. »* D'une part, je veux la rassurer ; d'autre part, je ne dois pas irriter les censeurs qui liront la carte avant son envoi. Il faut que j'écrive en allemand, pour la censure. Le propriétaire trouvera bien quelqu'un pour traduire.

Brod, Gelber et moi, nous discutons de cette histoire de cartes postales quand nous emportons les bidons de soupe de la cuisine au chantier de terrassement.

– Ils savent qu'ils sont fichus. Les Russes vont les écraser. Ils ont décidé d'arrêter leur programme d'assassinats pour faire meilleure impression le jour où ils seront jugés.

– Tu es un incorrigible optimiste ou un vrai naïf, Gelber. Après tout ce que tu as vu à Auschwitz, tu crois qu'ils vont s'arrêter tout seuls ?

– Wisniak a raison. Des gars qui arrivent de là-bas m'ont dit qu'ils gazent les juifs par trains entiers. Plus la défaite approche, plus ils se hâtent. Comme il ne leur reste plus beaucoup de temps, ils mettent les bouchées doubles.

– Si c'est ça, pourquoi nous permettent-ils d'écrire des cartes postales ?

– Peut-être que le directeur de la mine apprécie notre travail, après tout. Grâce à nous, il extrait au moins deux fois plus de charbon. Ils espèrent encore vaincre les Russes, mais ils ont besoin de charbon pour les usines de guerre.

– Tu l'as regardé, Brod, le directeur ? C'est un SS comme les autres. S'ils voulaient vraiment exploiter le travail des juifs pour leur effort de guerre, ils ne les extermineraient pas. Moi, je crois plutôt que des gens s'inquiètent, en France, de ne recevoir aucune nouvelle de tous les juifs partis dans les prétendus camps de travail. Ce courrier, c'est une mascarade de plus.

– Ce qui est sûr, c'est que personne n'écrira que l'on gaze les femmes et les enfants dès leur arrivée au camp. Nos cartes aideront la propagande allemande.

Vers la fin de l'année 1943, alors que le froid revient, je change de block une fois de plus. Je suis arrivé à Jawischowitz il y a près d'un an. J'ai connu plusieurs équipes à la mine et plusieurs blocks. Bill, mon nouveau Blockältester, est une brute sanguinaire que tous les déportés redoutent. Son Stubendienst, connaissant ma réputation de dur, veut me mater. Peu après mon arrivée, il m'affecte à la garde du block après l'appel de nuit. Un camarade doit garder l'entrée du block chaque nuit pour empêcher les voleurs d'entrer. Si un SS passe à proximité, la sentinelle se met au garde-à-vous et crie le nombre de détenus présents dans le block. Le Stubendienst ne confie pas cette tâche à n'importe lequel des habitants du block. C'est une punition ou une mise à l'épreuve : il est très difficile de rester éveillé, mais celui qui s'endort risque d'être roué de coups et d'aller au gaz. Pour éviter que le sommeil ne s'empare de mon corps fatigué, je marche de long en large en comptant mes pas. Je vois une ombre dans la nuit, une silhouette qui s'approche du block en tirant des bordées comme un voilier nonchalant. C'est le terrible Bill ! Je me mets aussitôt au garde-à-vous et je hurle le nombre de déportés. Bill ricane.

– Ça va, ça va !

Il me paraît sinistre. Je sens qu'il explore son cerveau embrumé par l'alcool à la recherche d'une torture inédite à essayer sur moi.

– N'aie pas peur… Je vois bien que tu as peur. Va donc réveiller mon Stubendienst.

– Je suis là, *Herr** Blockältester !

Le Stubendienst est prêt à se rouler par terre devant son maître, tel un chien ayant accompli une grosse bêtise.

– C'est toi qui as mis Wisniak de garde ?

– Oui, Herr Blockältester.

– À genoux, sac de merde, et tourne-toi !

Il donne un vigoureux coup de pied dans l'arrière-train du Stubendienst.

– Herr Wisniak ne doit plus être garde de nuit ! Tu as compris ?

Je suis inquiet. Cet amour soudain pour mon humble personne, dû à l'ivresse, n'annonce rien de bon. Quand Bill, après s'être effondré sur sa paillasse, se réveillera avec un affreux mal de tête, il me verra d'un autre œil et me punira pour avoir osé prétendre à son amitié. De plus, le Stubendienst me fera payer cher le coup de pied reçu par ma faute.

* Monsieur.

Bill se tourne vers moi :

– Tu as une femme, Wisniak ?

– Oui, Herr Blockältester.

– Appelle-moi Bill… Sais-tu que ton fils Élie a exactement le même âge que ma fille ? Allons trinquer pour fêter ça !

Mon cœur cogne dans ma poitrine. S'il sait l'âge et le nom de mon fils, c'est qu'une lettre est arrivée de France. Rachel et Élie sont vivants ! Je me sens tellement euphorique que j'arrive à avaler un verre d'une horrible vodka remontée du fond de la mine.

Le lendemain, dès que je reviens de la mine, je me précipite au secrétariat du camp. Rachel ne m'a pas envoyé seulement une lettre, mais aussi un colis. Le secrétaire du commandant, Karl Grimmer, est un Allemand condamné pour fraude. Personne n'a jamais rencontré un Allemand comme lui : il ne nous bat pas, ne donne aucun coup de fouet, ne nous traite pas de sacs de merde. Il m'explique que j'ai de la chance :

– Le colis est presque vide, Herr Wisniak, parce que les postiers d'Auschwitz ont prélevé leur part au passage, mais au moins il est arrivé jusqu'ici. Les postiers ont sans doute cru que vous étiez polonais, comme eux, à cause de votre nom. Vos camarades ont moins de chance.

Il est vrai que je porte un nom polonais : *« wisnia »* signifie « cerisier ».

– Si vous voulez, ajoute Karl Grimmer, je vais inscrire sur le registre que vous êtes un *Mischling**, né d'un père catholique polonais et d'une mère juive. On ne sait jamais... Cela pourrait vous sauver la vie, un jour.

En fin de compte, cette inscription ne m'a servi à rien. Cela valait tout de même la peine d'essayer.

* Sang-mêlé.

25
Herr Remmele est un amateur de boxe

Les mineurs parlent de Noël, puis du nouvel an, donc nous savons que l'année 1944 commence. Les journaux allemands que nous lisons au fond de la mine donnent des informations de plus en plus vagues. D'après Karl Grimmer, le secrétaire, l'Armée rouge avance de manière lente mais régulière. Elle a repris Kiev, la capitale de l'Ukraine, et se rapproche peu à peu de la frontière polonaise. Les Anglais et les Américains ont chassé les Allemands d'Afrique du Nord ; ils ont débarqué en Sicile et se trouvent déjà du côté de Naples.

Le commandant du camp a changé. Moi, je ne fréquente pas les SS, mais je crois les connaître, au bout d'un an et demi. Ils ne ressemblent pas vraiment à des êtres humains, mais plutôt à des caricatures, à des méchants de feuilleton. Eh bien, Herr Remmele, le nouveau commandant, arrive à m'étonner – il est encore plus pervers que l'idée que je me fais des SS. Il s'est installé dans la petite résidence qui domine le camp avec sa femme et sa fille. Il sort sur le balcon, tenant par la main la fillette blonde, âgée de six ou sept ans. Il lui montre le camp : ici les blocks d'habitation, là l'infirmerie, là-bas la cuisine…

– Regarde, ces juifs, comme ils sont lents et maladroits ! Ce sont des paresseux. Tu vas voir, ils peuvent marcher beaucoup plus vite.

Il sort son pistolet de son étui et tire en riant sur les pauvres déportés. Il est saoul, les balles partent n'importe où. Je cours me mettre à l'abri, comme tout le monde, de sorte que je ne peux pas voir si la jolie blondinette s'amuse autant que son père.

Herr Remmele est un amateur de boxe. Il demande aux SS d'organiser des combats. Les SS demandent aux kapos. L'un des kapos se porte volontaire. C'est un gigantesque Polonais, un ancien boxeur que l'on surnomme « Deux-Nez » parce que son nez est cassé de telle manière qu'il paraît dédoublé. D'autres kapos proposent ma candidature. Ma réputation de boxeur remonte à mon combat avorté contre un musulman à Auschwitz. J'ai aussi cassé deux dents à un Stubendienst je ne sais plus quand. Comment s'appelait-il, déjà ?

C'est ainsi qu'un dimanche, alors que je bavarde avec Brod, un kapo s'approche de moi :

– Toi, le juif, tu connais le kapo Deux-Nez ? Il veut boxer contre toi. Le commandant du camp a acheté des gants.

– Deux-Nez est au moins trois fois plus grand et plus gros que moi. C'est impossible. En boxe, il existe des catégories de poids. Un poids mouche ne se bat pas contre un poids lourd.

– Tu as peur ? Cela ne m'étonne pas. La boxe, c'est un sport pour les hommes, pas pour les juifs.

– Bon, je vais réfléchir…

– Mais oui, réfléchis. Ah ça, pour réfléchir, vous êtes les meilleurs, mais pour se battre, il n'y a plus personne !

Il s'éloigne en haussant les épaules. Brod sourit.

– Tu vas accepter, j'espère. C'est une occasion formidable de montrer à ces salauds de Polonais que les juifs peuvent se battre.

– Pas si facile. Ce gars-là a fait de la boxe. Dans un vrai combat, si l'un des boxeurs pèse deux kilos de plus que l'autre, on considère que c'est déjà un avantage énorme. Là, l'écart est au moins de quarante kilos. Il va m'écrabouiller, me pulvériser… C'est ce qu'ils veulent, bien sûr.

– Il a boxé, mais il devait être mauvais, sinon on ne lui aurait pas cassé le nez. Toi, je t'ai vu boxer. Tu es vif, tu peux esquiver tous ses coups.

– Mais s'il réussit à me toucher une fois, il me tue.

– C'est un risque à prendre. De toute façon, nous risquons notre vie tous les jours. Tu connais l'histoire du juif qui est bouffon chez le calife de Bagdad ?

– Non.

– Le calife le condamne à mort parce qu'une de ses blagues l'a offensé. En souvenir de toutes les fois où le juif l'a fait rire, il lui permet de choisir la façon dont il mourra. « Ô grand Calife, lui dit le juif, sauf votre respect, je choisis de mourir de vieillesse ! »

Brod parle aux camarades. Tous m'encouragent à me battre. Ceux qui se livrent à des trafics avec les mineurs promettent de remonter pour moi, au risque de leur vie, les aliments les plus précieux : des œufs et des oignons. Les suppléments de soupe, les bouts de saucisson que je reçois à la cuisine, me permettent de ne pas mourir de faim, mais ne suffisent pas pour reconstituer des muscles efficaces. Les oignons, riches en vitamines, sont encore plus utiles que les œufs. Après plus de dix-huit mois, la galerie d'accès que j'ai creusée avec le vieux mineur et son adjoint a atteint la veine de charbon. Maintenant, on m'a affecté à l'extraction du minerai. Je fais équipe avec un mineur polonais, Vitek. La veine mesure à peu près soixante centimètres de hauteur. Je rampe, je me déplace à quatre pattes, je travaille à genoux. Les articulations de mes genoux et de mes coudes sont enflammées et douloureuses. En vérité, les déportés souffrent tous, par manque de vitamines, de diverses inflammations : abcès, furoncles, anthrax, phlegmons. Si je ne mange pas quelques oignons, je ne pourrai pas bouger face à Deux-Nez.

Je fais savoir aux kapos que j'accepte le défi de Deux-Nez, à condition qu'ils me promettent de ne pas exercer de représailles contre moi si je gagne. Ils affirment que je n'ai rien à craindre, que le combat sera loyal. Cette promesse ne leur coûte rien, puisqu'ils sont sûrs que leur poulain l'emportera.

Maintenant, il faut que je m'entraîne. Les cuisiniers acceptent que je saute à la corde avec un bout de ficelle. Je boxe dans le vide ou contre Brod. Les réflexes reviennent. Au fond, la boxe, c'est comme la natation ou le vélo : ça ne s'oublie pas. Avant tout, je dois travailler mon souffle si je veux fatiguer mon adversaire. L'idéal, ce serait de courir quand nous apportons les bidons de soupe au chantier de terrassement, mais je ne peux pas me livrer à n'importe quelle fantaisie sous les yeux du SS qui nous accompagne. Heureusement, le SS lui-même mentionne le combat :

– Et alors, le boxeur, tu ne t'entraînes pas ?

Il m'autorise à sautiller en marchant. J'évite de courir devant la charrette, de peur que le SS, trouvant l'occasion trop belle, ne puisse s'empêcher de me tirer dessus. Tentative d'évasion !

Les kapos ont choisi un dimanche de février. Comme il fait trop froid dehors, le ring est installé à l'intérieur d'un block. Qu'est-ce que je dis, ring ? Quatre tabourets délimitent un carré sur une portion du couloir central. Il me semble que tous les déportés du camp s'entassent dans le block – les uns assis sur les paillasses, les autres debout dans le couloir. Les kapos s'installent au premier rang. Ils trônent, gras et luisants, au milieu de la foule squelettique des déportés. On dirait qu'ils ont absorbé toute notre graisse. Ils parlent fort, plaisantent, rient bruyamment.

Je m'assois sur un des tabourets. Brod, qui me

tient lieu d'entraîneur, tente de me soutenir le moral :

– C'est gagné d'avance. Les camarades sont tous avec toi. N'oublie pas que tu te bats pour eux !

Six ou sept ans se sont écoulés depuis la dernière fois que je suis monté sur un ring. Je retrouve une sensation oubliée : une angoisse au creux du ventre qui précédait chaque combat. Sauf que cette fois-ci, l'angoisse se diffuse depuis mon ventre dans tout mon corps. L'enjeu de ce combat, c'est ma vie. Et même plus que ma vie : je défends l'honneur de mes camarades et de mon peuple.

Deux-Nez s'assoit en face de moi. Il porte une culotte de boxe en satin noir et des chaussures de sport. J'ai seulement enlevé ma veste de pyjama ; avec mon pantalon de pyjama et mes chaussures de marche, ma petite taille et mon corps décharné, je me sens ridicule. Je ressemble à Charlot boxeur.

J'entends une sorte de commotion derrière moi. La foule s'écarte brusquement. Le commandant du camp et ses adjoints viennent assister au spectacle. Au moins, le commandant n'a pas invité sa fillette.

Nous n'attendons plus que l'arbitre. Le voici. Il entre dans le ring, se tourne vers moi et m'adresse un sourire exagéré en découvrant ses dents. Il en manque deux en bas sur le devant… C'est le Stubendienst que j'ai assommé ! Son nom me revient, pour le coup : Mandelbrot. Il nous appelle au centre du ring et nous présente au public :

– À ma gauche, Herr Korzeniowicz. À ma droite, Herr Wisniak. Le combat se déroulera en trois rounds de trois minutes.

Les kapos et les SS rient quand Mandelbrot me présente. Les camarades ne rient pas.

Mandelbrot frappe avec une cuiller sur un gobelet en fer pour annoncer le début du combat. Aussitôt, Deux-Nez s'avance vers moi en donnant des coups désordonnés des deux mains. Mon angoisse se dissipe en un instant : ainsi que Brod l'avait deviné, c'est un mauvais boxeur. Il envoie ses coups n'importe où. Il marche lourdement, les pieds à plat sur le sol comme un ours. Je ne dis pas que je sautille aussi bien qu'il y a dix ans, mais j'arrive à me déplacer plus vite que lui. Il envoie des coups pesants, accompagnés par des cris de bûcheron. Je les esquive en pivotant, en reculant le buste, en me baissant pour passer sous sa garde, en effectuant un petit pas de côté. Mon public, soulagé, commence à rire de lui. Je me sens de plus en plus calme. Deux-Nez s'énerve. Il investit toute sa force dans un coup qui manque sa cible. Déséquilibré, il tombe en avant. Même les kapos et les SS éclatent de rire. Il se relève lentement, marmonne je ne sais quoi, se remet en garde.

Le premier round s'achève. J'observe Deux-Nez sur son tabouret. Il respire mal. Il ressemble à quelqu'un qui apprend à nager et qui vient de boire la tasse.

– Il est fichu, me dit Brod. Il ne tiendra pas jusqu'à la fin du deuxième round. Mais toi, Maurice, fais attention, reste à distance.

L'arbitre donne un coup de cuiller sur son gobelet. Je me lève. Deux-Nez bondit comme un diable et se précipite sur moi. Il a retrouvé toute son énergie. Il ne ressemble plus à un noyé. Il frappe plus bas, de sorte que je ne peux plus me glisser sous sa garde. Son entraîneur a dû lui donner des conseils. Il reste si lent que j'arrive à tourner autour de lui. Les rires des camarades m'encouragent. Je ris aussi. Croyant me tenir prudemment à distance, j'oublie que mon adversaire a des bras beaucoup plus longs que les miens. Il réussit à me toucher au flanc, du côté du foie. Je ne serrais pas assez mes abdominaux... Ou plutôt, il a réussi à placer un crochet à la limite du coup interdit, qui a contourné mes abdominaux. La douleur tord mon ventre. Je sens que je tombe par terre. Je pense à la mort, qui m'est devenue si familière à Auschwitz. Un inconnu m'a sauvé quand j'avais perdu l'envie de vivre. Brod m'a empêché de me jeter sur les barbelés. J'ai vu des milliers de cadavres… Si je ne me relève pas, je rejoindrai tous ces cadavres. Maurice, relève-toi ! Va chercher toutes les ressources de ta volonté et relève-toi. Il le faut. Alors que je m'exhorte à surmonter ma douleur, je découvre que je me tiens debout… Mon corps, obéissant au réflexe d'Auschwitz, s'est relevé sans me demander mon avis. Je tiens à peine sur mes jambes, je titube comme si j'étais ivre. Deux-Nez, au lieu d'en profiter pour m'achever, reste comme paralysé, bouche bée, incapable d'accepter que je me sois relevé après un tel coup. Il me suffit de quelques secondes, ou quelques fractions de seconde pour reprendre mes esprits et reculer.

Au bout d'un temps infini, Mandelbrot sonne la fin du round. Il ne possède pas de montre, je ne sais pas comment il compte les trois minutes. J'ai l'impression qu'il a attendu au moins six minutes, pour donner à Deux-Nez le temps de m'assommer.

Brod me masse vigoureusement le corps.

– Il t'a bien touché. Tu as mal ?

– Ça va.

– Respire à fond. Le massage va te requinquer. Tu peux tenir. Je suis sûr que tu as reçu des coups plus méchants quand tu boxais à Paris.

– Ne t'inquiète pas. Je vais être encore plus prudent.

– Deux-Nez est épuisé. Il faut que tu l'attaques, maintenant. Donne tout ce que tu as. C'est le dernier round de ta vie, Maurice ! Regarde les kapos et les SS : ils sont blancs comme des linges, parce qu'ils savent qu'ils ont perdu. Nous comptons sur toi…

Au coup de cuiller, Deux-Nez fonce une fois de plus, mais j'ai l'impression qu'il ne regarde pas où il va. Il tend les bras en avant comme un aveugle. Je crois qu'il voudrait me saisir pour m'empêcher de lui échapper. C'est pathétique : ses bras retombent, il n'a plus la force de se mettre en garde. Je commence à envoyer des coups au corps, puis au visage. Je frappe de plus en plus fort : directs, crochets, uppercuts. Ce qui est sûr, c'est qu'il a l'habitude d'encaisser les coups. Il résiste, il tient debout. Il essaie de s'accrocher à moi pour éviter de s'effondrer. Je le repousse. Il s'affaisse tout doucement et s'assoit par terre.

L'arbitre ne sait pas trop si j'ai le droit de mettre un kapo K.-O. Il compte jusqu'à dix le plus lentement possible. Il pourrait aussi bien compter jusqu'à cent, Deux-Nez ne se relèverait pas.

Les camarades se mettent à hurler de joie. Alors que les kapos se tiennent cois, ne sachant comment réagir, les SS m'applaudissent avec enthousiasme. Les kapos décident de suivre l'exemple de leurs maîtres et applaudissent timidement. Je suis tout étonné de voir Deux-Nez, qui a fini par se relever, me prendre dans ses bras et me frapper amicalement dans le dos.

26
Nous franchissons la porte du camp au milieu de l'après-midi

Pendant toute l'année 1944, je travaille dans la veine de charbon avec Vitek. Ce Vitek est différent des autres Polonais : il n'est pas antisémite du tout. Le directeur de la mine nous impose d'extraire vingt tonnes de minerai par jour. Pour arriver à ce résultat monstrueux, nous devons former une équipe bien soudée et éviter les querelles. De plus, si nous ne coordonnons pas nos gestes, la bande roulante qui emporte le charbon peut nous happer et nous blesser gravement. Vitek et moi devenons de véritables amis.

– J'ai travaillé avec plusieurs détenus, me dit-il. Ils tenaient un ou deux mois avant de disparaître. Je crois qu'ils sont morts. Toi, cela fait déjà six mois que tu tiens le coup. Comment expliques-tu cela ?

– Après la mine, je vais travailler à la cuisine, où je peux manger un peu plus que les autres.

– C'est incroyable ! Tu extrais le charbon à genoux pendant huit heures et ensuite, tu as encore la force de travailler ?

– Les déportés doivent se débrouiller s'ils veulent survivre. Au camp, le repos n'existe pas. Les Allemands trouvent que les juifs sont trop nombreux. Tous les quinze jours, ils emmènent ceux qui sont épuisés et les gazent à Auschwitz.

– Oui, j'ai entendu parler de cela. D'autres détenus m'ont dit la même chose.

Au mois de juin, le secrétaire du camp m'annonce que les Américains ont débarqué en Normandie. De leur côté, les Russes franchissent la frontière de la Pologne. Pour la première fois depuis mon arrivée au camp (il y a deux ans…), un sentiment qui ressemble à une graine d'espoir germe dans notre cœur. Les Allemands seront bientôt vaincus, c'est sûr et certain. Pourvu que nous arrivions à survivre jusqu'à leur défaite !

Les SS les plus féroces sont envoyés sur le front – qui ne se trouve pas bien loin d'ici. On propose aux détenus allemands portant le triangle vert des prisonniers de droit commun, c'est-à-dire aux principaux kapos et Blockältester, de les libérer s'ils acceptent de s'engager dans l'armée. Les princes qui restent, polonais ou juifs, se montrent de plus en plus aimables avec nous. Ils ressemblent à des loups déguisés en agneaux. Un kapo, prévoyant peut-être de s'évader, me force à lui donner mes chaussures de marche, que j'ai réussi à garder depuis mon arrivée à Auschwitz. Je porte maintenant des chaussures de toile trop grandes à semelle de bois.

Vers la fin de l'année, nous cessons de descendre dans la mine. Les Russes ont repris Varsovie. Quand le vent vient de l'est, nous entendons un vague roulement : le bruit de leurs canons. Qu'allons-nous devenir ? Les pessimistes pensent que les Allemands vont nous tuer tous avant de partir. Les optimistes attendent avec impatience le jour où l'Armée rouge nous libérera.

Au mois de janvier 1945, nous apprenons que nous ne serons ni gazés ni libérés par les Russes, mais « évacués ». Un matin, on nous distribue une couverture chacun et un morceau de pain. Chaque déporté doit aussi recevoir un bout de saucisson. Les princes, que nous appelons aussi les bandits, prennent à peu près tout le saucisson – comme s'ils tenaient à mériter jusqu'au bout leur surnom. Alignés par cinq, nous attendons le départ pendant plusieurs heures. Brod et Gelber sont avec moi.

Un SS va chercher les malades à l'infirmerie : « Je vous conseille de venir ! » dit-il. Depuis que l'on entend au loin le son du canon russe, les SS et les bandits ont moins envie de commettre des crimes. Ils se demandent sans doute quel sort les bolcheviques leur réserveront. Les camarades alités se méfient quand même. On dirait bien que le SS leur déconseille de rester. Difficile de savoir si ce n'est pas une bonne vieille menace de mort. Finkelstein, un gars de mon block qui s'est cassé la jambe quand la bande roulante l'a happé, essaie de se lever, mais n'y arrive pas et doit se résigner à rester allongé sur sa paillasse. Il a déjà bien de la chance d'avoir bénéficié de la bonté toute neuve des SS. Jadis, on aurait traité sa jambe cassée au gaz… Je l'ai revu après la guerre, Finkelstein. Dix jours après notre départ, les Allemands ont disparu et les Russes l'ont délivré. Pendant ce temps, les malades évacués sont tous morts.

Nous franchissons la porte du camp au milieu de l'après-midi, alors que la lumière du jour commence à baisser. Nous marchons sur une petite route, vers une destination inconnue. Les princes ont trouvé le moyen de charger leurs possessions et leurs réserves de nourriture sur de grands traîneaux. Faute de chevaux, chaque traîneau est tiré par une dizaine de déportés.

La petite route rejoint une route plus grande, sur laquelle rampe un long cortège gris. Des milliers d'hommes et de femmes luttent à grand-peine contre le vent glacé ; je reconnais la démarche traînante des déportés d'Auschwitz. Nous nous arrêtons et attendons de nouveau plusieurs heures pour les laisser passer. Leur convoi avance de plus en plus lentement. Les princes et les déportés les plus valides marchaient en tête. Nous voyons maintenant, à la lueur blême du crépuscule d'hiver, le défilé pathétique des musulmans et des malades.

Une bonne heure après le passage du dernier musulman d'Auschwitz, on nous autorise à repartir. Nous entendons des coups de feu, loin devant nous. Brod et Gelber sont tout joyeux :

– Ce sont les partisans polonais qui attaquent les SS. Nous serons bientôt libres.

– Ou bien c'est l'avant-garde de l'Armée rouge !

Ces deux-là, ils prennent leurs désirs pour la réalité.

– Vous croyez que les partisans ou l'Armée rouge vont tirer sur les SS dans le noir ? Ils risqueraient de tuer surtout des déportés. Et puis, les SS riposteraient et nous entendrions des rafales de coups de feu.

– Alors tu penses que…

– Ce sont les SS…

– Cela me paraît évident. Écoutez les détonations : elles sont séparées. Ils abattent les malades et les musulmans, un par un, quand ils ne peuvent plus avancer.

– Nous devrions voir des cadavres sur la route.

– Ils les jettent sur le bas-côté. S'il faisait jour, nous les verrions.

Au bout d'un moment, nous entendons les mêmes coups de feu derrière nous. Pour en avoir le cœur net, Brod ralentit et se laisse dépasser. Après plus d'une heure, il revient.

– Dès qu'un gars se laisse distancer, ils lui mettent une balle dans la tête. C'est Remmele, le commandant, et d'autres SS qui s'en chargent. Ils suivent le convoi sur deux motos avec side-car. Ils éclairent les traînards avec leurs phares.

Des déportés russes attaquent les juifs pour leur voler leur pain. Moi, j'ai mangé mon morceau tout de suite, c'est plus sûr. Les juifs protestent, une bagarre commence dans la nuit. Une des motos remonte la colonne. Les SS tirent dans le tas pour calmer les combattants : trois Russes morts et sept juifs.

Des soldats allemands réservistes, âgés de cinquante ou soixante ans, encadrent notre convoi – sous la supervision des SS à moto. Ils avancent à pied, comme nous, à raison d'un soldat tous les dix mètres. Au départ, ils portaient de lourds sacs à dos. Maintenant, ils trouvent plus commode d'engager des détenus comme porteurs. Me voici donc plié en deux sous un énorme sac, m'enfonçant jusqu'au genou dans la neige. La poudre blanche s'agglutine sous mes semelles de bois. Je glisse, je trébuche, j'éprouve de plus en plus de peine à marcher. Je sens que mes jambes faiblissent. Il faut que je trouve un moyen de sortir de cette situation, sinon je vais dériver vers l'arrière de la colonne et mourir. Je marche sur quelque chose… Un sac à dos – oui, un sac presque vide. C'est pourtant tout simple : je n'ai qu'à jeter mon sac ! Je me suis enveloppé la tête et le haut du corps dans ma couverture pour me protéger du froid, donc je peux espérer que le vieux soldat ne pourra pas me reconnaître. Il a dirigé le faisceau de sa lampe électrique vers moi quand il m'a donné son sac, mais tous les déportés se ressemblent, avec leur pyjama et leur tête rasée. Je dois prendre ce risque si je veux survivre… J'explique à Brod ce que je veux faire. Il commence à vider le sac discrètement. Une fois que le sac est bien aplati, il m'aide à l'enlever, puis nous le laissons glisser par terre.

– Regarde, Maurice, un trésor…

Il a trouvé dans le sac deux saucissons entiers, des œufs durs et du pain ! Nous partageons ce festin avec Gelber et quelques autres camarades. Tout est avalé en moins d'une minute, de sorte qu'il ne reste aucune trace de notre forfait.

On nous ordonne de former un cercle au milieu d'un champ et de nous asseoir. Jusqu'ici, il faisait très sombre, parce que nous traversions des forêts. Maintenant, la lumière de la lune, reflétée par la neige, permet à nos bourreaux de bien nous voir. Les SS à moto trouvent que nous ne formons pas le cercle assez vite et se mettent à tirer pour accélérer la manœuvre. Il me semble bien que nous sommes déjà deux fois moins nombreux qu'au départ. Je suis tellement fatigué que j'arrive à dormir, assis sur ma couverture pliée en huit.

Des rafales de mitraillette nous réveillent à l'aube. « En rangs par cinq ! » hurlent les SS. De nombreux camarades, gelés sur place, ne se relèvent pas. Les SS et les princes ont dormi dans une ferme qui se trouve au bord du champ. Des dizaines de déportés se sont cachés dans le grenier de la ferme pour échapper au froid. Les SS les extraient de la paille à coups de baïonnette. Seuls quelques-uns arrivent à nous rejoindre sains et saufs.

Les vieux soldats disent aux SS que leurs sacs pleins de nourriture ont disparu. Les SS décident de nous fouiller avant de repartir. Quand ils trouvent un bout de sucre ou de pain dans la poche d'un camarade, ils lui ordonnent de se mettre sur le côté, avec les déportés qui sont trop fatigués pour marcher. « Des camions viendront vous chercher », promettent-ils. En vérité, nous n'avons jamais revu ces camarades, donc nous pensons que les SS les ont tués. Un survivant sur trois a disparu de cette manière.

Nous marchons toute la journée. Nous traversons plusieurs villages. Nous apercevons des Polonais qui nous épient, cachés derrière leurs volets à demi clos. Brod revient à son idée fixe :

– Il fait jour, maintenant. Je ne comprends pas pourquoi les partisans n'attaquent pas le convoi.

– Ils sont très contents que les SS nous emmènent loin d'ici. Tu te souviens de Krzisztof, le kapo de la cuisine ? Un jour, nous discutions des possibilités d'évasion. Il m'a dit que les juifs n'avaient pas intérêt à s'évader : «Tu es plus en sécurité dans le camp qu'au-dehors. Si tu sors, les partisans te liquideront. Ils veulent fonder une nouvelle Pologne sans le moindre juif. »

Alors que la nuit tombe de nouveau, nous arrivons dans la ville de Wodzislaw. Nous avons parcouru une quarantaine de kilomètres. Un train formé de wagons de marchandises sans toit nous attend dans la gare. De nouveaux SS, qui ont sans doute envie de se réchauffer, nous accueillent à coups de fouet et de crosse. Je parviens à tenir debout et à monter dans un wagon. Peu à peu, des camarades me rejoignent. Ils sont tombés par terre plusieurs fois et ont reçu beaucoup plus de coups que moi. Une voix familière m'interpelle. C'est un camarade de mon block, que j'ai du mal à reconnaître tellement son visage est enflé et ensanglanté.

– Ils t'ont drôlement amoché, Wisniak !

– Moi ? Mais non, je ne crois pas.

– Tu es tout noir.

– Ah... Hier, j'ai jeté le sac d'un soldat. J'avais peur qu'il me reconnaisse, alors je me suis barbouillé le visage de terre.

Le train roule toute la nuit. Une épaisse couche de neige nous recouvre et nous protège du froid. Au petit matin, nous arrivons dans une gare nommée Buchenwald. Les SS nous réveillent à coups de crosse. Ils s'acharnent sur plusieurs camarades qui ne bougent plus. La neige n'était pas assez épaisse pour eux : ils sont aussi raides que des statues.

27
Quand je dis bonjour à ces Allemands, ils ne me répondent pas

Le camp de Buchenwald se trouve en Allemagne, à six cents kilomètres à l'ouest d'Auschwitz. Une surprise y attend nos princes : ils perdent leurs privilèges. Alors que nous formons une longue queue pour la première distribution de soupe, l'un d'eux tente de passer devant nous. Un Stubendienst de Buchenwald l'arrête.

– Qu'est-ce que tu veux ?

– Je suis allemand.

– Et alors ?

– Je suis allemand et, eux, ce sont des juifs.

– Ici, tu n'es rien.

Le Stubendienst lui donne une vigoureuse paire de gifles et l'envoie au bout de la queue. Ici, chacun reçoit la même quantité de soupe. Nous apprenons plus tard qu'une sorte de guerre civile a eu lieu à l'intérieur du camp : les détenus politiques, communistes allemands ou étrangers, ont évincé les bandits des postes d'encadrement. Les SS ont accepté ce changement, parce que les politiques, mieux organisés que les bandits, gèrent le camp de façon satisfaisante.

Hélas, nous ne pouvons pas rester dans ce paradis. On a besoin de nous dans un autre camp, paraît-il. Après une nuit très brève, on nous ordonne de nous aligner en rangs par cinq. Je me cache au fond du block, sous un lit, mais on me retrouve et je dois repartir sur la route avec mes camarades. Les déportés de Buchenwald nous ont dit que l'armée américaine est entrée en Allemagne et que le grand Reich qui devait durer mille ans vit ses derniers jours. Cela n'empêche pas les SS d'abattre les traînards comme lors de notre première marche. Nous parcourons cinquante kilomètres vers le sud, ce qui veut dire que des centaines de camarades perdent la vie.

Il fait nuit noire quand nous arrivons dans le camp d'Ohrdruf, ou plutôt dans une annexe de ce camp, Krähwinkel. Nous regrettons tous Buchenwald. Les kapos sont de nouveau des bandits ; on nous sert une soupe claire dans des gamelles pleines de terre qui nous rappellent les pots de chambre d'Auschwitz. On nous dit que nous creuserons des galeries dans la montagne avec des ouvriers allemands. J'espère que cela se passera aussi bien qu'avec les mineurs polonais.

Je dors dans un petit blockhaus de béton, semblable à ceux que l'on voit encore sur certaines plages françaises. Je suis le seul juif au milieu d'une centaine de Russes. Ils me relèguent tout au fond du blockhaus, loin de l'unique fenêtre, de sorte que j'ai beaucoup de mal à respirer. Ils disent que j'ai de la chance, parce que de nombreux déportés dorment dehors dans la boue. Heureusement, nous quittons notre boîte de béton au milieu de la nuit ; nous devons voyager pendant plusieurs heures en train pour rejoindre le chantier.

On nous transporte dans des wagonnets à minerai, c'est-à-dire dans de petites bennes triangulaires très inconfortables. À quinze hommes par wagonnet, nous ne pouvons pas poser nos deux pieds sur le fond de la benne. Je passe une heure debout sur un pied, mais je ne peux pas me plaindre : plusieurs camarades hurlent de douleur quand une crampe contracte le fantôme de muscle qui leur reste à la cuisse ou au mollet.

Nous creusons des salles souterraines dans lesquelles les nazis veulent fabriquer ou entreposer des bombes volantes. Je porte sur mon épaule une sorte de perceuse électrique géante, pourvue d'une mèche de deux mètres de long, que deux ouvriers allemands poussent pour creuser le roc. En quelques secondes, je suis couvert de poussière. Des éclats de pierre me blessent constamment le visage. Les ouvriers allemands portent un casque et de grandes lunettes, mais moi, qui suis devant eux et leur sers de bouclier humain, je n'ai rien pour me protéger. Ces ouvriers m'insultent si je m'arrête pour essuyer la poussière. Quand ils décident de faire une pause, ils mangent et boivent comme si je n'existais pas. De mon côté, je travaille pendant huit heures sans absorber autre chose que la poussière qui me dessèche la gorge. Les mineurs polonais étaient antisémites mais se montraient tout de même humains. À force de me voir travailler à leurs côtés, ils avaient fini par reconnaître que j'étais un homme comme eux. Ils me donnaient à boire et même à manger. Le matin, quand je dis bonjour à ces Allemands, ils ne me répondent pas. Ils me traitent comme un chien. Ou plutôt, comme ce que je suis : un esclave. Ils ne sont pas différents des SS.

Au bout d'une quinzaine de jours, un éclat de pierre pénètre dans mon œil droit. Ils m'interdisent de m'arrêter.

– Au travail, sac de merde ! Tu n'as qu'à fermer l'œil…

Qu'est-ce qu'ils croient ? Qu'ils vont gagner la guerre avec leurs bombes volantes ? Par chance, la journée est presque finie. Au moment de quitter le chantier, l'un des ouvriers me conseille de montrer mon œil à l'infirmerie. C'est la première fois qu'ils me disent autre chose que des insultes. Cela prouve qu'ils ont besoin de moi. Je suppose que les juifs qui m'ont précédé étaient trop faibles pour porter la machine pendant huit heures. S'ils me perdent, ils devront la porter eux-mêmes.

Je connais le médecin : Gamkhi, un juif grec qui vient de Jawischowitz, comme moi.

– La cornée est à peine entaillée, mais tu dois éviter qu'elle ne s'infecte si tu veux garder ton œil. Tout ce que je peux faire, c'est poser un pansement.

C'est un pansement à la mode des camps, autrement dit un petit carré de papier hygiénique.

– L'idéal, ce serait que je passe quelques jours ici. Tu surveillerais ma blessure et je me reposerais. Je porte une machine très lourde, mais je ne mange pas assez pour garder mes forces. Je sens que je m'affaiblis. Si seulement je pouvais dormir un peu...

– Regarde, j'ai des blessés graves et des mourants partout. Si un médecin SS voit que je t'héberge pour que tu te reposes, j'aurai de gros ennuis et toi aussi. Ils me contrôlent tous les jours parce que je suis nouveau. Peut-être que je pourrai t'accueillir la semaine prochaine.

– De quoi meurent-ils, tous ces gars ?

– D'épuisement. Ils sont au bout du rouleau, tu comprends.

Je retourne travailler. Tous les soirs, je montre mon œil à Gamkhi. Il change mon pansement, qui est tout noir de la poussière du rocher.

Je rencontre Brod, que j'ai perdu de vue depuis que j'habite dans le blockhaus avec les Russes.

– Tu as pris un éclat dans l'œil, Maurice ? La guerre est bientôt finie, mais ces salauds nous auront torturés jusqu'au bout.

– Si nous tenons jusqu'au bout.

– Oui, les camarades sont de moins en moins nombreux. Ceux qui restent s'affaiblissent depuis que nous sommes arrivés à Ohrdruf. Écoute-moi : j'ai un plan. Gelber et quatre autres gars sûrs sont dans le coup. Il faudrait que tu m'aides à en trouver encore sept ou huit. Nous montons ensemble dans un wagon et nous enlevons les crochets qui tiennent la benne ; toi à l'avant, moi à l'arrière.

– Elle va basculer et nous allons tomber !

– C'est ça, mon plan. Si l'accident se produit juste après le départ, quand le train ne va pas trop vite, nous serons blessés juste ce qu'il faut pour aller à l'infirmerie.

– Pas bête…

Le plan de Brod réussit à merveille. Nous souffrons de contusions superficielles, mais nos furoncles et nos phlegmons éclatent, si bien que nous sommes couverts de sang. Les SS qui se précipitent vers nous en brandissant leur fouet, dégoûtés par la vue de tout le sang, nous ordonnent d'aller immédiatement à l'infirmerie. Gamkhi, que j'avais prévenu, nous montre un bout de planche dans un coin du block. Nous nettoyons nos plaies, c'est-à-dire que nous nous lavons pour la première fois depuis notre départ de Jawischowitz, puis nous nous couchons, serrés les uns contre les autres. Je dors à peu près quarante-huit heures de suite ! Je suis bien obligé de me réveiller quand on distribue la soupe, mais je me rendors aussitôt.

Au bout de quatre jours, mes camarades repartent travailler. Gamkhi me garde à cause de mon œil.

– La plaie ne justifie pas vraiment que tu restes ici. Je vais t'engager comme garçon de salle.

Près de trois ans après mon arrivée à Auschwitz, alors que je vais bientôt quitter pour toujours l'enfer des camps, j'accomplis de nouveau la même tâche que le premier jour : je transporte des cadavres.

Un gars est assis sur sa paillasse, sur l'étagère du haut. Soudain, sans un mot, il bascule et tombe par terre. Il est mort. Je vais le chercher.

– Notre Blockältester nous envoie à l'infirmerie quand nous sommes fichus, me dit son voisin. Nous sommes partis à dix ce matin pour voir le docteur. Trois camarades sont déjà morts avant la visite.

Je ramasse une trentaine de corps chaque jour. Comme des Russes ont volé toutes les couvertures pour les déchirer et fabriquer des chaussures, les malades se glissent à l'intérieur de leur paillasse. Quand ils meurent, je dois les extraire d'un cocon de paille souillée par leurs excréments. Souvent, il me faut casser leurs doigts squelettiques agrippés à la toile. J'ai écrit plus haut que j'allais bientôt quitter pour toujours l'enfer des camps. Ce n'est pas vrai. Je ne quitterai jamais l'enfer des camps. Je resterai toute ma vie un Häftling. Je suis devenu insensible. Sinon, mon travail de croque-mort dans l'infirmerie me rendrait fou.

Une semaine après nous, d'autres camarades provoquent un accident de wagonnet pour aller se reposer à l'infirmerie. Les SS ont bien voulu y croire une fois, mais pas deux. Ils envoient leurs chiens pour remettre debout les prétendus blessés. Les pauvres gars arrivent à l'infirmerie sur des brancards. Des lambeaux de chair arrachés par les chiens pendant sur leurs cuisses comme du papier peint qui se décolle du mur. Une fois de plus, je me dis : « Moi qui croyais avoir tout vu ! » – une phrase que j'ai prononcée en moi-même des dizaines de fois depuis bientôt trois ans. L'un des blessés décrit la ruée des chiens :

– Ils se précipitaient sur nous comme s'ils avaient voulu nous dévorer. Les SS trouvaient cela très drôle. Je voyais en même temps les dents des chiens et celles des SS, qui riaient comme des enfants.

Le Dr Gamkhi pose du papier de toilette sur les plaies.

On dirait que les SS, sentant que la fin approche, veulent entraîner le plus de monde possible dans la mort. À chaque arbre du camp pendent deux ou trois cadavres. Ce sont des Russes qui, ayant entendu dire que l'Armée rouge avait franchi la frontière de l'Allemagne, ont tenté de s'évader pour la rejoindre.

28

Qu'est-ce qu'ils veulent, dis-moi, Maurice ?

Vers le 4 ou le 5 avril, deux mois environ après notre arrivée à Ohrdruf-Krähwinkel, on nous évacue de nouveau. (J'ai appris après la guerre qu'Ohrdruf a été le premier camp de concentration libéré par l'armée américaine, le 6 avril 1945.)

Nous repartons à Buchenwald. Cinquante kilomètres à pied, sans boire ni manger. Les habitants des villages que nous traversons nous insultent et crachent dans notre direction. Je me souviens d'un village que nous avons traversé peu après avoir quitté le camp de Jawischowitz. Les Polonais nous regardaient passer en silence. Certains nous jetaient des regards pleins de pitié.

Nous avons été si peu nourris à Krähwinkel que nous avons tous du mal à marcher. De plus, les SS paraissent pressés. Les coups de feu venant de l'arrière du cortège sont encore plus nombreux que d'habitude. Mes genoux et les articulations de mes hanches sont si douloureux que je dois faire un effort pour ne pas crier. Pour m'empêcher de me coucher par terre, je me répète la même chose pendant des heures : «Tu as tenu le coup jusque-là, Moshé. Ce serait bête de renoncer maintenant. Allez, encore un pas. Et encore un… »

Dès que nous franchissons la grille de Buchenwald, je m'écroule par terre. Je vois les camarades se battre pour un tonneau de soupe. Le tonneau se renverse. Les camarades lapent la soupe mélangée à la terre, comme des animaux.

Des camarades me portent dans un block et m'assoient par terre dans un coin. Je m'endors dans cette position. Le lendemain, j'entends dire que les SS préparent l'évacuation du camp. Je ne peux plus marcher. Cette fois, je vais mourir.

Au bout de deux jours, je constate que mes genoux ont dégonflé. Je tiens debout. Les gars de Buchenwald disent que l'armée américaine va nous délivrer d'un jour à l'autre. Nous devrions refuser d'être évacués. Les camarades de Jawischowitz et moi, nous sommes trop faibles pour désobéir aux SS. Le 10 avril, vers la fin de l'après-midi, ils nous ordonnent : « En rangs par cinq. » (Le camp de Buchenwald s'est libéré tout seul le lendemain, quelques heures avant l'arrivée des Américains.)

Nous marchons pendant plusieurs heures. Quand mes jambes ne me soutiendront plus, je m'arrêterai… Heureusement, nous arrivons dans une gare, où un train de marchandises nous attend. Je retrouve Brod, aussi faible que moi mais vivant. Nous nous installons dans le même wagon sans toit.

– Qu'est-ce qu'ils veulent, dis-moi, Maurice ? Les Américains et les Russes ont déjà pris presque toute l'Allemagne. Ils vont nous faire travailler encore quelque part ?

– Ils s'en fichent, des Américains et des Russes. Depuis le début, ils croient qu'ils font la guerre aux juifs. Regarde, les SS sur le toit de l'autre wagon, avec leurs mitraillettes braquées sur nous. Ils sont prêts à tirer sur des mourants et des morts.

Au bout de quelques heures, une quinzaine de camarades sont déjà morts. Plusieurs survivants appellent les SS :

– Hé, nous avons des morts !

– Tant mieux. Vous êtes là pour crever !

– Fermez-la, juifs merdeux, sinon nous tirons dans le tas.

Le lendemain, de vieux soldats remplacent les SS. Ils nous distribuent du pain, à raison de cent grammes par personne. Ils se basent sur le nombre de déportés indiqués sur leur registre, c'est-à-dire le nombre d'hommes vivants au départ du train. Comme un gars sur deux est déjà mort, cela nous fait double ration. Hélas, on ne nous donne rien d'autre à manger, ni rien à boire, les jours suivants. Le train roule lentement vers l'est, s'arrête souvent. La nuit vient, s'en va, revient. Comme les camarades, je passe mon temps, quand je suis réveillé, à écraser les poux qui vivent par milliers à mes dépens depuis mon arrivée à Krähwinkel.

Nous sommes arrêtés dans une gare. Je remarque une chose étonnante : les Allemands ne nous insultent plus. Ils ne rient plus en nous voyant. La peur se lit sur leurs visages. Des enfants et des vieillards vêtus en soldats attendent je ne sais quoi sur le quai. Nous demandons de l'eau à nos gardiens. Nous sommes stupéfaits de voir qu'ils nous obéissent. Ils nous apportent de l'eau !

Alors que nous sommes repartis depuis un quart d'heure, des avions bombardent le train. Nos gardiens se cachent sous les wagons. Les prisonniers russes s'éparpillent dans les champs. Une quarantaine de juifs de notre wagon, assez valides pour escalader ses parois (hautes d'un mètre environ), imitent les Russes. Dès que les avions disparaissent, les soldats sortent de leur cachette. Le responsable SS du convoi est furieux :

– Vous n'êtes pas de vrais Allemands, mais des lâches ! Des sacs de merde ! Vous avez laissé filer les détenus. Allez les rattraper tout de suite. Si vous recommencez cette comédie, je vous fais tous fusiller !

Pendant tout ce remue-ménage, je suis resté tranquillement sur place avec Brod. Bien trop faibles pour descendre et courir, nous avons observé l'attaque aérienne comme un film qui ne nous concernait pas. Les mitrailleuses des avions ont tué seulement trois camarades parmi ceux qui sont restés dans notre wagon, dont les parois nous protégeaient dans une certaine mesure. Les camarades qui ont couru dans les champs et les prisonniers russes ont eu moins de chance : un sur deux environ est mort.

La voie est coupée. Nous devons tous descendre. Le responsable SS demande aux soldats de nous ranger par nationalités. Il y a des prisonniers de guerre français, polonais, russes, tchèques. Et puis les juifs. Nous savons bien ce qui va se passer : ils vont supprimer les juifs. Brod et moi, ainsi que tous les juifs venus de France, nous essayons de nous glisser parmi les Français. Si nous avons survécu jusqu'à maintenant, c'est que nous avons toujours su saisir une occasion quand elle se présentait. Les Français nous repoussent : «Vous n'êtes pas de vrais Français, vous êtes juifs ! » En désespoir de cause, je décide de redevenir polonais. Comme j'aurais pu le prévoir, les Polonais sont beaucoup plus virulents que les Français : « Fous le camp, sale youpin ! Va avec les autres youpins ! » Je n'ai plus qu'à me joindre au groupe des juifs. Si les Allemands nous fusillent, je mourrai tout de suite. Si nous devons marcher, je mourrai d'épuisement tout à l'heure.

Des juifs religieux commencent à réciter leur dernière prière. Le visage de l'un d'eux me paraît familier. Où ai-je déjà vu ce gars-là ? Hé, mais c'est Gelber ! Il marmonne en lisant un livre de prières. C'est incroyable… Gelber, je l'ai vu nu comme un ver tous les jours, quand nous prenions notre douche en revenant de la mine. S'il avait possédé un livre, je l'aurais su. En vérité, c'est le premier livre que je vois depuis trois ans. Une question me tourmente : comment Gelber, car je suis sûr que ce juif pieux est bien mon copain Gelber, s'est-il procuré un livre de prières ? J'ai beau tourner et retourner la question dans tous les sens, mon esprit fatigué ne trouve aucune réponse possible.

Ils nous rangent par cinq. C'est une ruse : ils veulent nous faire croire que nous allons marcher, pour mieux nous massacrer. Quelques camarades tentent de s'enfuir en courant. Les soldats les abattent aussitôt. Nous nous résignons à notre sort et, obéissant aux soldats, marchons le long de la voie ferrée. Les rails, déchiquetés et tordus sur une centaine de mètres comme s'ils étaient en fil de fer, sont intacts un peu plus loin. Un autre train de marchandises vient nous chercher. On nous entasse dans des wagons fermés, sans même la petite ouverture que possèdent les wagons à bestiaux. Nous étouffons. Des camarades débrouillards sortent de leur poche des bouts de fer qu'ils ont organisés à Krähwinkel et se mettent à agrandir les fentes entre les lames du plancher. Nous nous relayons pour travailler. Un gars que je ne connais pas m'invite à m'évader avec lui :

– Ils ne m'auront pas. Je vais partir vers l'ouest pour rejoindre les Américains ! Tu viens ?

– Regarde-moi... Dans mon état, je n'irais pas loin !

Au bout de quelques heures, nous réussissons à

enlever un morceau de planche, ce qui nous permet de respirer enfin. Nous poursuivons si bien nos efforts que nous arrachons plusieurs planches. Des camarades se glissent dans l'ouverture et se laissent tomber sous le train, qui n'avance pas vite. Si j'obéissais à mes principes, je devrais saisir l'occasion, mais j'en suis incapable. Il faut se tenir avec les bras au plancher et se laisser glisser doucement pour contrôler la chute. Je suis trop faible pour jouer ainsi les athlètes. Je n'ai plus de volonté. J'attends la fin.

Je me dis que je ne pourrai pas raconter mes aventures à mon fils. Les camarades meurent en silence autour de moi. Quand le train s'arrêtera (ou va-t-il ? à Pitchipoï ?), les gars qui ouvriront la porte de notre wagon fantôme n'y trouveront que des cadavres.

Le coude d'un camarade me rentre dans les côtes. Je lui demande plusieurs fois de se pousser un peu, mais il ne répond pas. Je me tourne vers lui et je le secoue. Je parlais à un mort.

29
Ils disent « ghetto »

Le train s'arrête, la porte de notre wagon s'ouvre. Nous ne sommes pas tous morts. Sur deux mille camarades partis de Jawischowitz, deux cents environ sont encore vivants.

J'entends des camarades crier. Je ne comprends pas bien ce qu'ils disent. Gâteau ? Guetteur ? Non, ils disent « ghetto »... Je me lève, au prix d'un terrible effort, pour sortir du wagon et voir ce qui se passe. Nous ne sommes pas dans un camp, mais dans une ville. C'était peut-être une ville de garnison, il y a longtemps, car nous apercevons des alignements d'immeubles anciens qui ressemblent à des casernes.

Des juifs qui n'ont pas l'air de squelettes, qui ne portent pas un numéro mais une étoile jaune, nous accueillent et nous aident à descendre. Ils emportent les malades sur des brancards. Je ne vois aucun SS, aucun chien, aucun kapo.

Ce qui est le plus étonnant, c'est que ces juifs à étoile jaune sont vieux. Je veux dire, vraiment vieux. À Auschwitz, nous surnommions *der Alter*, c'est-à-dire « le vieux », un déporté âgé de plus de quarante ans, et ces gens-là ne vivaient pas longtemps.

Nos hôtes sont un peu désemparés, car personne n'avait annoncé notre arrivée. Ils ouvrent pour nous une sorte de grand sous-sol, éclairé par des lucarnes. Nous sommes à Theresienstadt, nom allemand de la ville tchèque de Terezin. Les Allemands ont créé ici un ghetto modèle, qu'ils montraient à la Croix-Rouge. Ils y ont tourné un film de propagande, afin de rassurer les responsables politiques ou religieux qui auraient pu demander : « Où sont tous ces juifs qui disparaissent ? » Sauf que les responsables ont préféré ne rien demander... Dès que le film a été tourné, tous ses acteurs ont été gazés à Auschwitz.

Nous sommes couchés par terre dans le sous-sol. Les vieux juifs ont disparu en fermant la porte à clé. Nous découvrons alors qu'une douleur sourde, masquée jusqu'ici par la peur de la mort, nous empêche de trouver le repos. Notre ventre crie famine... Nous n'avons rien mangé depuis plusieurs jours. Les vieux juifs vont-ils revenir ? Quand ? Au bout d'une heure, nous décidons de sortir pour voir. Nous posons une chaise branlante sur une table poussiéreuse. Il y a quelques heures, mon corps résigné attendait la mort dans un wagon de marchandises. Le voici maintenant qui réussit à escalader la table et la chaise pour ouvrir une lucarne et se faufiler dehors. Trois ou quatre camarades acrobates m'ont suivi. Nous explorons une cour pavée, trouvons une grande baraque en bois, ouvrons une porte… La baraque est pleine de valises et de vêtements. « C'est le Canada ! » s'exclame l'un de mes compagnons. J'ai travaillé pendant quelques jours, avec le kommando de vêtements d'Auschwitz, dans une Kleidenkammer de taille moyenne. Plus tard, des centaines de milliers de juifs ont abandonné leurs valises en arrivant au camp, si bien que l'on a trié et entreposé les vêtements (et les jouets, les violons, etc.) dans un immense hangar, baptisé pour je ne sais quelle raison « le Canada ». Nous n'essayons pas de découdre les doublures des vestes pour trouver des diamants, mais nous cherchons de la nourriture. Nous trouvons des instruments de chirurgie étincelants, des tubes de peinture et des pinceaux, des machines à coudre qui me rappellent ma mère. Et enfin, sous une pile de pantalons, un sac de pommes de terre ! Plus loin, des camarades ont trouvé des carottes, des navets, des poireaux, des oignons. En revenant vers notre soupirail, je vois Brod qui en sort :

– Tu sais, Maurice, cet endroit devait être une caserne ou une école dans le temps. J'ai trouvé une cuisine au fond de notre cave, avec des marmites énormes.

– Il y a de l'eau ?

– Oui, plusieurs éviers.

– Alors nous allons cuire une soupe !

Nous coupons les légumes en tout petits morceaux, pour qu'ils cuisent plus vite. Nous ne prenons pas le temps de les éplucher. En vérité, nous sommes tellement affamés que nous nous serions contentés des épluchures. Nous trouvons du bois, des allumettes, des bols, des cuillers. Nous sommes une quinzaine à nous partager ce festin.

– Dis Maurice, tu te souviens de l'époque où nous allions camper sur les bords de la Marne ?

– C'est loin, tout ça... En tout cas, dans mon souvenir, la soupe n'était pas aussi bonne que celle-ci !

Attirés par l'odeur, d'autres camarades commencent à ressusciter. Nous leur expliquons où nous avons trouvé à manger. D'ailleurs les vieux juifs ouvrent la porte de la cave et distribuent des pommes de terre tièdes. Elles sont beaucoup moins bonnes que notre soupe !

Les vieux juifs sont un peu étonnés de voir que nous avons déjà exploré l'entrepôt de vêtements. Hier encore, des SS nous en auraient empêchés, mais ils sont partis dans la nuit.

La direction du ghetto met des dortoirs à notre disposition. La place ne manque pas : la ville de Theresienstadt compte des centaines d'immeubles vides, dont les habitants sont partis en fumée dans le ciel d'Auschwitz. Nous nous regroupons par pays d'origine, en prévision de notre rapatriement. Je partage un dortoir avec une cinquantaine de juifs venus de France. Je revois Gelber et je lui pose la question qui me turlupine :

– Où as-tu trouvé ton livre de prières ?

– Tu te souviens, l'infirmerie de Krähwinkel ? C'est Gamkhi, le docteur, qui me l'a donné. Il l'a pris à un pauvre mort.

J'ai revu le Dr Gamkhi. En explorant le ghetto, j'ai découvert l'infirmerie. Il ne s'y trouve pas comme médecine, mais comme malade. Il est tout content de me voir :

– Ah, Wisniak, je te remercie. Tu m'as sauvé la vie !

– Moi ?

– Oui, dans le wagon. J'avais de la fièvre, j'allais très mal. Tu as vu que les gars se pressaient autour de moi et m'étouffaient. Tu m'as dégagé et installé sous une sorte de rebord où j'ai pu respirer.

– C'est bizarre, je ne me souviens de rien.

Les camarades de mon dortoir pourraient aussi bien séjourner à l'infirmerie, car ils sont presque tous malades. Nous souffrons de notre vieille ennemie, la diarrhée, mais je suis l'un des seuls à pouvoir me traîner jusqu'aux W.-C. Je suis si vaillant que l'on me nomme responsable de l'approvisionnement ; je vais à la cuisine avec deux ou trois camarades chercher des pommes de terre et du pain. La direction du ghetto ne veut pas nous affamer, mais nous ne mangeons tout de même pas assez pour reprendre des forces. Au bout de quelques jours, nous recevons chacun un colis de cinq kilos offert par la Croix-Rouge. Si un médecin se trouvait parmi nous, il nous conseillerait sans doute de ne pas manger un saucisson entier d'un seul coup. Je ne sais pas si nous aurions assez de volonté pour suivre son conseil… En tout cas, nous dévorons notre colis en quelques minutes. Résultat : la diarrhée redouble. Le couloir qui mène aux W.-C. ressemble à la fosse de vidange dans laquelle j'ai jeté la chèvre du gros Yatché. Je demande aux vieux juifs s'ils peuvent promettre une récompense aux camarades qui seraient volontaires pour nettoyer le couloir. Ils nous offrent du café et un peu de nourriture. Pendant quelques secondes, nous espérons que ce sera du vrai café... C'est de l'eau brune, bien sûr, qui nous paraît tout de même délicieuse.

Quelques jours après notre arrivée à Theresienstadt, on amène sur des brancards les camarades qui se sont évadés du wagon.

– Nous nous sommes cachés dans une cabane, disent-ils. Au bout de vingt-quatre heures, nous avons constaté que nous étions trop faibles pour repartir à pied. Un paysan nous a découverts. Nous pensions que nous serions exécutés. Mais non. Un camion est venu, avec des brancards. On nous a dit que l'on nous conduisait dans le meilleur endroit pour les juifs.

30
Le 8 mai 1945, nous apprenons que la guerre est finie

Nous avons trouvé une radio dans une valise de la salle aux vêtements. Le 8 mai 1945, nous apprenons que la guerre est finie. Tous ceux d'entre nous qui tiennent debout sortent dans la cour. La guerre est finie ! Nous avons survécu ! Nous avons envie de boire du champagne, de chanter, de danser de joie. Nous sommes accueillis par des rafales de mitraillette. Les SS ne se sont pas tous enfuis, dirait-on. Les balles semblent venir d'un bâtiment éloigné. Ces dernières rafales brisent quelques carreaux et blessent plusieurs des vieux juifs de Theresienstadt.

Ce serait bête de mourir aujourd'hui. Nous rentrons dans notre chambre et attendons prudemment la suite des événements.

Le lendemain, nous entendons des motos. Nous regardons par la fenêtre. Ce sont des soldats russes !

Ils distribuent des tablettes de chocolat, des cigarettes, et même des morceaux de lard. Cette fois, je vais faire attention. J'ai échappé aux balles des SS, ce n'est pas pour mourir d'une crise de diarrhée… Je me contente de grignoter quelques biscuits.

Selon une rumeur qui court dans le ghetto, les Russes nous trouvent si malades qu'ils vont nous mettre en quarantaine. Je n'ai vraiment pas envie de passer encore des semaines ici. Je veux bouger, partir, revoir Rachel et Élie le plus vite possible. Le 10 mai, je pars vers le sud, en direction de Prague, avec Brod et trois autres camarades. Nous rencontrons six déportés de plus sur la route. Nous marchons moins vite que lorsque les SS nous encourageaient avec leurs fouets et leurs chiens.

– Dis donc, Maurice, est-ce que c'est loin d'ici, Prague, à ton avis ?

– Un vieux juif m'a dit soixante-quinze kilomètres.

– Nous n'y arriverons jamais. Nous ferions mieux de rentrer au ghetto et d'attendre que les Russes nous transportent.

– Peut-être bien que la chance nous sourit : regarde là-bas…

Une charrette tirée par deux chevaux, conduite

par une femme bien habillée, vient à notre rencontre. Cette femme n'est pas une paysanne. Nous l'arrêtons et lui demandons où elle va. Nous arrivons à nous exprimer en tchèque, parce que cette langue est proche du polonais, mais notre interlocutrice n'a pas l'air de nous comprendre. De toute façon, nous voyons bien qu'elle se dirige vers l'Allemagne. Nous lui demandons, en allemand, si elle fuit Prague avant l'arrivée des Russes. Elle nous insulte et nous menace avec son fouet. Brod sourit. Je devine qu'il vient d'avoir une idée.

– Nous allons vous confier aux soldats russes qui sont ici, dit-il. À moins que vous nous laissiez votre charrette. Dans ce cas, vous pourrez partir où vous voudrez.

En entendant mentionner les soldats russes, elle devient blême. Elle descend de sa charrette et s'enfuit en courant ! Nous nous félicitons de notre bonne fortune, nous rions, nous nous donnons des tapes dans le dos. Seulement, les chevaux paraissent épuisés et refusent de bouger. Mes camarades claquent de la langue, crient « Hue ! » et « Hop ! Hop ! » C'est alors que je me souviens que j'ai travaillé dans une écurie.

– Laissez-moi faire, les gars…

Je relâche les rênes et je parle aux chevaux doucement, tendrement, en polonais, tout en caressant leur encolure – comme je le faisais à l'époque où je préparais une bouillie de pommes de terre et d'avoine, avec mon frère Anschel, pour les chevaux de notre cour. Les chevaux acceptent de faire demi-tour, puis d'avancer en direction de Prague. Les camarades m'applaudissent et me nomment cocher. Les pauvres bêtes sont sans doute venues de Prague sans rien manger. Elles n'étaient déjà pas bien vigoureuses au départ. Comme on dit en yiddish : « La charrette se repose en hiver, le traîneau en été, le cheval jamais »... Je demande fréquemment à mes camarades de descendre de la charrette et d'aller à pied. Moi, je suis le cocher, donc je reste assis sur mon siège comme un prince !

Au bout de quelques heures, nous rencontrons un groupe de partisans tchèques. En voyant nos visages décharnés, nos yeux globuleux et nos pyjamas rayés, ils devinent bien ce que nous sommes.

– Cette route est dangereuse, disent-ils. Nous recherchons des SS. Il y a aussi des déserteurs russes qui pourraient vous attaquer. Vous devriez tourner à gauche, là-bas, et rejoindre la grand-route. Tenez, mettez ces brassards. Ainsi, vous pourrez aller jusqu'à Prague sans être arrêtés.

Nous voici donc sur la grand-route de Prague. Nous croisons de longues colonnes de soldats allemands prisonniers, encadrés par des Russes. Ils ne ressemblent pas aux Allemands d'hier, si fiers et si raides dans leurs beaux uniformes. Ils ont mauvaise mine. Ils sont sales. La peur se lit sur leur visage. Ils traînent la patte. Ils n'ont pas l'habitude de parcourir cinquante kilomètres à pied. Ils n'ont plus la force de porter leurs sacs, qu'ils abandonnent au bord de la route.

– Dites, les gars, nous devons absolument nourrir les chevaux. Il faudrait regarder dans les sacs des boches. Nous trouverons peut-être des trucs intéressants, que nous échangerons contre de l'avoine dans le prochain village.

C'est à croire que les soldats allemands ont pillé la ville de Prague : nous trouvons dans leurs sacs des bijoux en or, des draps, des vêtements tout neufs, des bas de soie. Je découvre un gros sac plein de pyjamas de déportés en laine, bien plus beaux que les nôtres. Je me demande dans quel camp on pouvait bien les porter – et pourquoi un soldat allemand voulait les conserver. J'échange mon pyjama tout déchiré contre un de ces modèles de luxe. Je ne veux pas mettre des vêtements civils. Nous devons nous montrer au monde tels que nous sommes ; sinon, les braves gens qui se sont gardés de venir à notre secours pendant la guerre risquent maintenant d'oublier notre existence.

En me voyant, Brod éclate de rire.

– Un peu plus, Maurice, et je ne t'aurais pas reconnu ! Cela me rappelle histoire du juif. Tu sais ?

– L'histoire de quel juif ?

– Le disciple du rabbin. Il passe la nuit dans une auberge avec son maître. L'aubergiste le réveille à l'aube, car il doit prendre un train. Il s'habille dans le noir, afin de ne pas déranger le rabbin, mais il se trompe de vêtements et met le grand manteau de son maître. En arrivant à la gare, il se voit dans un miroir et ne se reconnaît pas. « Quel idiot que cet aubergiste, se lamente-t-il. Au lieu de me réveiller, il a réveillé le rabbin ! »

Nous arrivons dans un village, où nous distribuons notre butin. Les villageois sont enchantés, bien que nos têtes de morts vivants les effraient un peu. Les enfants reculent quand ils nous voient. Ils demandent à leurs parents si nous sommes des fantômes. Les villageois préparent une bonne soupe de légumes pour nous. L'un d'eux examine nos chevaux. Ils sont épuisés. Il ne faut pas seulement les nourrir, mais leur laisser le temps de digérer et de se reposer. Nous dormons dans une étable et repartons au matin.

Nous croisons de nouveaux cortèges de prisonniers allemands. Nous ne pouvons pas nous empêcher de les traiter au passage de sacs de merde, de fils de pute, de têtes de porc. Vers la fin de la journée, alors que nous approchons de Prague, nous découvrons plusieurs centaines de prisonniers qui se reposent, assis au bord de la route. Brod est furieux.

– Ces messieurs se reposent ! Est-ce qu'ils nous laissaient nous reposer ? Ceux qui étaient fatigués avaient droit au repos éternel, ça oui !

Il se précipite devant les Allemands et hurle :

– Vous êtes fatigués, sacs de merde ? Debout ! À genoux ! Debout ! À genoux ! Plus vite !

Des centaines de grands Allemands obéissent comme un seul homme à un petit juif vêtu de guenilles ! Ce spectacle nous réjouit le cœur. Je ne sais pas si c'est leur mauvaise conscience qui les force à obéir, ou bien la crainte du châtiment. En tout cas, comme les villageois, ils savent bien ce que nous sommes et d'où nous venons. Le 11 mai 1945, tous les gens que nous rencontrons le savent. Quelques mois ou quelques années plus tard, ils diront qu'ils ignoraient l'existence de camps où l'on exterminait les juifs.

À Prague, d'immenses femmes-soldats russes qui règlent la circulation nous indiquent un centre de regroupement pour les déportés et prisonniers français. Les cuisiniers nous accueillent à bras ouverts: «Vos chevaux arrivent à point, les gars. Le garde-manger était vide!»

Nous entrons dans une pharmacie en apercevant une balance. Brod pèse trente et un kilos, moi trente-cinq.

– Dis donc, Maurice, tu t'es bien remplumé!

– C'est à Theresienstadt, quand je nettoyais la merde dans le couloir. Les vieux juifs me donnaient des suppléments de nourriture pour me remercier.

– À Paris, je vais m'empiffrer, je ne te dis que ça! Je vais te rattraper et te dépasser, tu peux me croire...

31

Hitler n'a pas réussi à tuer tout le monde

Une fois de plus, nous voyageons dans un wagon à bestiaux. Sauf que la porte est ouverte, ce qui fait une sacrée différence. Nous nous asseyons au bord à tour de rôle et laissons pendre nos jambes dehors, juste pour le plaisir. À chaque gare, la Croix-Rouge nous donne à boire et nous propose de la viande en conserve. Je refuse poliment les conserves et demande des biscuits, que je mâchouille lentement pour rééduquer peu à peu mon système digestif.

Le train met plusieurs jours à atteindre la frontière française. Nous sommes très heureux d'avoir survécu, mais inquiets en pensant à nos familles. Rachel m'a envoyé trois lettres et trois colis. Ensuite, plus rien. Est-ce parce que les Allemands ont décidé que nous n'avions plus besoin de recevoir de courrier, ou bien parce qu'il lui est arrivé quelque chose ? Plus nous approchons de Paris, plus le visage de Brod s'assombrit.

– Toi, Maurice, ta femme était française. Et puis un seul gosse, ça se cache. Moi, elle était polonaise, et nous avions quatre enfants. Tu crois qu'une femme pouvait échapper aux Boches avec quatre gosses ?

Une fois que nous avons passé la frontière, ce n'est plus la Croix-Rouge qui nous attend dans les gares, mais des femmes qui nous offrent du thé et des gâteaux. Des femmes qui parlent français ! Leur moindre parole sonne à mes oreilles comme la plus douce des musiques…

Comme en mai 1929, il y a tout juste seize ans, j'arrive en train à Paris. Des autocars nous emmènent à l'hôtel Lutétia, centre d'accueil des déportés survivants. Des infirmières nous lavent et nous désinfectent, des médecins nous auscultent. On nous interroge : « Quand avez-vous été arrêté ? » « Dans quels camps avez-vous séjourné ? »

On nous sert un repas léger. Brod ne veut rien manger.

– Je veux voir ma femme et mes gosses. Ils ont dû grandir. J'espère que je les reconnaîtrai.

Après un autre interrogatoire, qui nous paraît bien long, on nous laisse sortir. Une foule de femmes et d'enfants se presse devant l'hôtel. J'ai beau chercher, je ne vois pas Rachel. Brod est très pâle.

– Tu vois, Maurice, tu as perdu ta femme et ton fils… Moi, j'ai perdu ma femme et mes quatre gosses.

– Ils ne peuvent pas venir devant cet hôtel tous les jours. Hitler n'a pas réussi à tuer tout le monde. Ils sont sûrement vivants. Allons chez moi, et ensuite, je t'accompagnerai chez toi.

Ma concierge m'accueille avec un grand sourire. C'est bon signe.

– Et ma femme ? Est-elle vivante ?

– Mais oui, monsieur Wisniak. Hier encore elle est allée vous attendre, mais ce matin, elle est partie à la campagne chercher votre petit.

Nous allons chez Brod. Un inconnu en pantoufles nous ouvre la porte. Il nous dévisage comme si nous étions des mendiants venus réclamer des sous. « J'ai signé un bail pour l'appartement, dit-il. Je n'y peux rien. » Il a bien compris qui est Brod, mais n'a pas l'air content de le voir. Brod devient encore plus pâle. Il n'est pas « blanc comme un linge », mais plutôt gris comme son pyjama.

– Ils sont peut-être ailleurs, Brod. Tu connais quelqu'un d'autre ?

– Ma sœur…

– Où habite-t-elle ?

– Près d'ici.

La sœur de Brod est une petite demoiselle toute ronde. Au regard grave qu'elle nous adresse, nous comprenons qu'il est inutile de lui demander si la femme et les enfants de Brod sont vivants.

Laissant Brod chez sa sœur, je rentre à la maison. La concierge possède la clé de mon appartement.

– Si vous voulez, je vais vous apporter à dîner, monsieur Wisniak.

– Euh, c'est gentil, je vous remercie.

Qui est cet ogre qui saisit un bifteck avec ses mains et le dévore, qui enfourne dix pommes de terre sautées dans sa gueule béante ? Est-ce moi ? M. Wisniak ? Je ne dois pas trop manger. Mâchonner des biscuits, oui. Des œufs et des oignons. À Prague, le cuisinier français : « Un bon bifteck de cheval, rien de tel pour te retaper, mon pote ! » Si j'étais moins fatigué, je descendrais demander un café à la concierge. Un vrai café. Les poux m'ont suivi depuis Krähwinkel. Pourtant les infirmières de l'hôtel Lutétia m'ont lavé et désinfecté. Sales bêtes. Krähwinkel, cela signifie « le coin des corneilles ». On devrait plutôt dire Lauswinkel, le coin des poux. Si je me couche dans le lit, les poux vont s'y installer. Oui, mais je ne tiens plus debout…

Je m'allonge par terre dans le salon et je sombre

dans un profond sommeil. Au milieu de la nuit, je sens qu'on me secoue. Brod ? L'appel ? Mes chaussures, où sont mes chaussures ? J'ai besoin de mes chaussures pour la séance de sport !

– Maurice, Maurice... C'est moi !

– Rachel...

– Je ne m'appelle plus Rachel, mais Renée. Et notre fils s'appelle Charlie.

Un petit garçon se cache derrière Rachel (ou Renée – il faudra que je m'habitue). Il a peur de moi, comme les enfants dans les villages tchèques. Avec mon crâne rasé, mes yeux qui sortent de leurs orbites, ma peau grise, je ressemble à un croque-mitaine.

– Ne sois pas timide, Charlie. C'est Maurice. C'est ton papa !

– Laisse-le. Il vaut mieux qu'il ne s'approche pas. Je suis plein de poux. Dis-moi, euh, Renée, je voudrais te demander... Est-ce que tu peux me faire un café ?

– Un café ? Bien sûr.

Je suis chez moi, avec ma femme et mon fils. Je bois un véritable café. J'espère que je ne suis pas en train de rêver. Après avoir couché Charlie, Renée me raconte ce qui s'est passé.

– Tu as entendu parler de la grande rafle du Vel' d'Hiv' ?

– Oui, je suis parti à Auschwitz le lendemain.

– Ils sont venus ici. Un policier français et un Allemand en civil. Figure-toi qu'ils te cherchaient ! Je leur ai dit qu'ils t'avaient emmené à Pithiviers huit mois plus tôt. L'Allemand a dit : « Bon, ça va », mais le Français voulait nous arrêter ; l'Allemand était étonné : « Pourquoi voulez-vous les emmener ? Nous avons un mandat pour le mari, pas pour la femme et le bébé. » Cet Allemand nous a sauvé la vie.

– Je croyais qu'ils prenaient seulement les juifs étrangers.

– Tu vois bien que ce salaud de policier français était prêt à m'emmener. Ils voulaient se débarrasser des juifs, un point c'est tout. Je suis partie me cacher en banlieue avec le petit. Dans mon quartier, tout le monde savait que j'étais juive. D'ailleurs, je portais l'étoile.

– Où est-ce que tu t'es cachée ?

– Chez les Parisel. Tu te souviens ? Des campeurs, aux Amis de la nature. J'ai changé mon nom, je suis devenue Renée Vinard. J'ai pris du travail chez un avocat comme sténodactylo. Les Parisel ont trouvé une nourrice à la campagne pour Élie, qui est devenu Charlie. D'autres amis m'ont hébergée. J'avais tout un réseau. Je portais un trousseau de clefs ouvrant plusieurs appartements. J'ai travaillé pour la Résistance, comme agent de liaison.

– Et ma mère ?

– Le jour de la grande rafle, ils sont aussi allés chez elle. Quand ils ont frappé, elle n'a pas ouvert. Elle a eu de la chance, parce qu'ils auraient pu enfoncer la porte. Ton frère Albert a payé une femme qui est venue la chercher quelques jours plus tard et l'a emmenée à Montauban, où il habitait avec ta sœur Paule.

– Ils vont bien ?

– Oui. Ils sont revenus à Paris, ils habitent dans leur ancien logement.

– Et Carole, la femme de Jacques ?

– Ils sont passés le matin du 16 juillet et ils lui ont dit : « Préparez vos affaires, nous revenons dans une demi-heure. » Tu comprends, les policiers n'étaient pas tous des salauds comme celui qui est venu chez moi. Ils lui laissaient le temps de se sauver. Mais elle ne savait pas où aller, surtout avec sa petite Rosette, alors elle les a attendus. C'est une de ses voisines qui m'a raconté tout ça. Ils l'ont emmenée. Elle n'est pas revenue.

– Elle ne reviendra pas. Les femmes avec des petits enfants, ils les gazaient dès leur arrivée.

Les jours suivants, je me lave et je me relave. Non

seulement les poux me tourmentent, mais la diarrhée revient et je sens mauvais. J'aurais dû refuser le dîner de la concierge. Je reste à la maison. Ma mère, mon frère et ma sœur viennent me voir. Ils paraissent presque aussi timides que mon fils. Ils n'osent pas me serrer dans leurs bras. Ils ont peur de me casser, comme si j'étais devenu un objet fragile. Ils se demandent si c'est bien moi. Ils parlent à voix basse, lentement, en évitant de mentionner la déportation.

Chaque nuit, je revois le camp dans mes cauchemars. Les SS, les fouets, les chiens, les musulmans. Je me réveille trempé de sueur et je ne comprends pas où je suis. Renée ne comprend pas non plus. Elle pense que je suis malade. C'est une maladie que je vais garder toute ma vie.

Quand Charlie laisse tomber un objet, je sursaute comme si j'entendais un coup de feu. Je me mets en colère. Il pleure. Je trouve qu'il pleure trop facilement. Il faudra que je l'endurcisse, sinon il ne pourra pas affronter les difficultés de l'existence.

Au bout d'une semaine, je tiens à peu près sur mes jambes. Je vais chez la sœur de Brod. Ses yeux sont tout rouges.

– Il est mort. Quand vous êtes reparti, il s'est couché par terre dans ma chambre. Il ne bougeait pas. Il ne voulait rien manger. Il pensait si fort à sa femme et à ses enfants que je sentais leur présence dans la pièce. J'étais inquiète. J'ai appelé un médecin, qui lui a fait des piqûres. Cela n'a servi à rien. Avant-hier, en me levant, j'ai trouvé son corps sans vie. Couché par terre, tout recroquevillé. Il ressemblait à une momie égyptienne.

Mes jambes refusent de me soutenir. Je m'assois sur une chaise. Des larmes ruissellent sur mon visage.

– Votre frère était un gars formidable. Il m'a sauvé la vie. Là-bas, il n'a jamais perdu l'espoir. Il a même survécu à un coup de grisou au fond de la mine. Une grosse pierre l'a protégé par miracle. Quand nous l'avons trouvé, il dormait ! Il nous a dit qu'il ne s'était pas tellement inquiété : « Soit mon heure est arrivée et je vais mourir, soit elle n'est pas arrivée et je vais vivre. » Au camp, il voulait vivre, pour montrer aux SS et aux kapos qu'il pouvait leur résister. L'autre jour, quand il a trouvé un inconnu en pantoufles chez lui… Vous voyez, je crois qu'il n'avait plus aucune raison de vivre.

– Et vous ?

– J'ai un fils de six ans, Charlie, je vais vivre pour lui.

Postface

Mon père, Lonek Greif, portait un numéro bleu sur le bras. Au lieu de me raconter l'histoire du Petit Poucet ou de Cendrillon, il me parlait des SS, des kapos, des kommandos, des chambres à gaz.

En 1950, alors que mon frère Noël avait quatre ans et moi cinq, il nous a emmenés en vacances à Belle-Île, où une organisation à laquelle il appartenait, les Amis de la nature, louait un terrain de camping. Ma mère est restée à Paris pour s'occuper de notre petit frère, qui venait de naître. D'ailleurs, elle n'aimait pas camper. Nos voisins de tente se nommaient Maurice et Renée Garbarz. Maurice avait le bras numéroté, lui aussi.

Mon père nous élevait à la dure. Il achetait des œufs à la ferme et nous montrait comment les gober. Nous mangions des carottes crues et du jambon. Notre voisine, Renée, avait pitié de nous :

– Regarde, Lonek, j'ai cuit des patates. Si tu en veux pour tes gosses…

Beaucoup plus tard, Maurice Garbarz, aidé par son fils Charlie, a raconté son séjour à Auschwitz. Son livre s'intitule Un survivant *(éditions Plon, 1984, réédité chez Ramsay en 2006). J'ai revu Maurice et Renée en 1997. Ils avaient plus de 80 ans, se portaient assez bien, habitaient dans le XIX*e *arrondissement de Paris. Renée est morte en 2001, Maurice en 2010. Personne ne sait s'il avait 95 ou 97 ans.*

Avec l'accord de Maurice, je me suis inspiré de son livre pour écrire celui-ci. Je n'ai inventé aucun événement, aucune situation. J'ai raconté les faits comme Maurice les a décrits. Je me suis contenté d'imaginer des dialogues et de reconstituer à mon idée ce que le narrateur, que j'ai baptisé Maurice Wisniak, pouvait penser et ressentir.

J'ai découvert, en préparant ce récit, que les boxeurs étaient nombreux à Auschwitz. Pour l'épisode du combat contre le kapo, à la fin du séjour à Jawischowitz, je me suis inspiré de combats livrés par Aie Pach, champion de Hollande (raconté par Maurice Garbarz) et par Gabriel Burah, champion de France poids plume (raconté par lui-même : Bibi, *éditions Fayard, 1970).*

Dans un livre intitulé Chroniques d'ailleurs, *publié chez Ramsay en 1996, Paul Steinberg raconte une soirée de boxe qui s'est déroulée à l'automne de l'année 1943 dans le camp de Monowitz (appelé aussi Auschwitz III –*

on y bâtissait une usine de caoutchouc synthétique, la Buna, pour la grande entreprise IG Farben). Deux boxeurs professionnels français, Young Perez, champion du monde des poids mouche au début des années trente, et Robert Lévy, champion de France des poids coq, étaient opposés sur un vrai ring à deux Allemands gigantesques, un soldat de la Werhmacht et un SS. Les commandants et SS d'Auschwitz I, de Birkenau et de Monowitz étaient assis au premier rang, les princes de Monowitz derrière. Malgré leur petite taille, les professionnels auraient gagné facilement s'ils n'avaient pas retenu prudemment leurs coups. Résultat : un match nul, une défaite aux points. Young Perez et Robert Lévy sont morts au camp. Il ne suffisait pas d'être vigoureux et de savoir se battre pour survivre à Auschwitz ; il fallait avoir beaucoup de chance.

Table

Cet ouvrage a été achevé d'imprimer
sur Roto-Page
par l'Imprimerie Floch à Mayenne
en décembre 2017

N° d'impression : 91981
Imprimé en France